안네의 일기

KB192138

안네 프랑크 지음

1929년 6월 12일, 독일 프랑크푸르트에서 유대인으로 태어난 소녀 작가로,
네 살 때 나치의 유대인 학살 정책을 피해 가족과 함께 네덜란드 암스테르담으로 이주했습니다.
1942년 7월 '은신처'에 숨어들면서부터 일기를 쓰기 시작하여 게슈타포에 은신처가 발각되기
사흘 전(1944년 8월)까지 꾸준히 썼습니다. 가족과 함께 체포된 안네는 폴란드의 아우슈비츠
강제 수용소를 거쳐 독일 베르겐벨젠 여자 수용소에서 티푸스로 세상을 떠났습니다.

오순택 엮음

전남 고흥에서 태어났으며, 1966년 「시문학」에 시가 추천되면서
작품 활동을 시작했습니다. 동시집 「풀벌레 소리 바구니에 담다」 「까치야 까치야」
「종달새 방울 소리」 「부리 고운 동박새」 「꼬마 시인」 「초록빛 마을」 「작은 별의 소원」
「아름다운 느낌표」 「산은 초록 삼각형이다」 「꽃과 새」 「1학년 EQ 동시집」,
시집 「그 겨울 이후」 「탱자꽃 필 무렵」 「남도사」 등을 펴냈습니다.
대한민국문학상·계몽아동문학상·한국동시문학상·박홍근아동문학상 등을 받았습니다.

2023년 11월 25일 3판 15쇄 **펴냄**
2011년 5월 25일 3판 1쇄 **펴냄**
2004년 8월 10일 2판 1쇄 **펴냄**
1991년 11월 30일 1판 1쇄 **펴냄**

펴낸곳 (주)효리원
펴낸이 윤종근
지은이 안네 프랑크
엮은이 오순택·**그린이** 크리스토퍼, 안성환(표지)
등록 1990년 12월 20일·**번호** 2-1108
우편 번호 03147
주소 서울시 종로구 삼일대로 457, 406호
전화 02)3675-5222·**팩스** 02)765-5222

ⓒ 1991·2004·2011. (주)효리원

ISBN 978-89-281-0118-4 64850

이메일 hyoreewon@hyoreewon.com
홈페이지 www.hyoreewon.com

소중한 ＿＿＿＿＿＿＿＿＿＿＿ 에게

＿＿＿＿＿＿＿＿＿＿ 가(이) 선물합니다.

＿＿＿＿＿＿＿＿

안네의 일기

안네 프랑크 지음
오순택 엮음 / 크리스토퍼 그림

 효리원
hyoreewon.com

『안네의 일기』는 겨우 열세 살밖에 안 된, 한 어린 소녀의 일기를 책으로 펴낸 것입니다.

그런데 그 충격이 너무나 컸기 때문에 전 세계로 번역되어 출판되었을 뿐 아니라 영화로도 만들어져 평화를 사랑하는 전 세계인을 다시 감동시킨 세계 명작입니다.

이 명작의 주인공 '안네 프랑크'는 꿈과 희망을 잃지 않은 유대인 소녀였습니다. 나치의 눈을 피해 어두운 은신처에 숨어 살면서도 역사를 공부하며, 기자와 소설가가 되고 싶다는 꿈을 버리지 않았습니다.

우리가 안네와 만날 수 있었던 것은, 그녀가 자신의 열세 번째 생일날 일기장을 선물받게 되었기 때문입니다.

안네는 그 일기장을 '키티'라고 부르면서 은신처 생활 속에서의 기쁨과 슬픔, 희망과 절망 등을 아주 솔직하게 털어놓았습니다. 안네의 일기가 전 세계적으로 수백만의 독자를 갖게 된 것은 바로 그런 솔직함 때문일 것입니다.

그리고 어린 소녀의 눈에 비친 세계를 통해 우리는 전쟁의 죄악과 인간의 타락함을, 또한 자유와 평화의 숭고한 뜻을 되묻게 됩니다.

지금도 세계 곳곳에서는 눈앞의 작은 이익 때문에 크고 작은 전쟁들이 끊임없이 일어나고 있습니다. 그로 인해 피해를 당하는 또 다른 '안네'가 오늘도 지구 어느 곳에서 안타까운 숨을 쉬고 있을지도 모릅니다.

아직도 상황이 이렇기에 안네는 평화를 사랑하는 여러분에게 많은 말을 들려줄 것입니다. 한 줄 한 줄 읽어 내려가다 보면 어느새 여러분과도 다정한 친구가 되어 함께 웃고 함께 울 것입니다.

인생에 있어 가장 중요한 시기는 청소년기라고 생각합니다. 그런 의미에서도 『안네의 일기』는 꼭 한 번쯤 읽고 넘어가야 할 책이라고 믿기에 어린이 여러분에게 이 책을 선물합니다.

엮은이 오 순택

이 책은 두려워하지 않고 진실을 말할 수 있는 한 소녀에 의해 씌어진 책으로, 전쟁이 인간에게 미치는 영향에 대하여 지금까지 내가 읽었던 어떤 작품보다도 마음 깊이 생생하게 느끼게 했던 감동적인 작품입니다.

이 책 속에는 네덜란드가 나치 독일에 점령되어 있던 2년 동안, 독일 비밀 경찰의 감시망을 피해 숨어 살았던 사람들에게 일어난 변화가 잘 나타나 있습니다.

언제 발각되어 강제 수용소로 쫓겨가게 될지 모르는 공포와 고독 속에 살며, 전쟁이라는 무서운 상황 때문에 정신적으로 억눌리고 육체적으로는 갇혀 지내야 했던 그들의 이야기를 읽으면서 나는 새삼 전쟁이 가져다 준 최대의 죄악, 인간의 타락을 깨달으며 충격을 받았습니다.

그러나 이 책 『안네의 일기』를 읽으면서 나는 그 같은 극한 상황 속에서도 인간의 정신은 숭고한 빛을 발한다는 것을 느낄 수 있었습니다.

하루하루를 공포와 굴욕 속에 살면서도 안네를 비롯한 이들 은신처의 가족들은 희망을 잃지 않습니다. 또한 안네는 숨어 사는 2년 동안 정신적으로 빠르게 성장합니다.

13세에서 15세까지의 시기는 어느 소녀에게나 매우 변화가 빠르고 그래서 까다로운 시기입니다. 그러나 안네는 타고난 정열, 기지, 슬기, 그리고 풍부한 정서로 쓰고 또 생각하며 많은 시간을 보냅니다.

안네의 경험은 절대로 남의 일이 아닙니다. 그녀의 짧은 인생에, 우리 모두가 그리고 전 세계가 얼마나 깊이 관련되어 있는가를 깨달아야 합니다. 이런 점에서 『안네의 일기』는 숭고한 정신과 평화를 위하여 노력하고 있는 사람들의 정신을 찬양하는 기념탑이 될 것입니다.

이 책을 읽는 일은 우리에게 있어 하나의 풍부한, 그리고 참으로 소중한 경험이 될 것입니다. 그리고 진실을 사랑하시는 모든 분께 좋은 선물이 될 것입니다.

엘리너 루스벨트(루스벨트 대통령 부인)

생일 선물

1942년 6월 14일 일요일

6월 12일 금요일에는 새벽 6시에 눈을 떴습니다. 그날은 내 생일이었거든요. 하지만 그렇게 일찍 일어나면 엄마 아빠가 걱정을 하시니까 꾹 참고 누워 있었습니다. 그러다가 난 더 이상 견딜 수가 없어서 6시 45분에 식당으로 갔습니다. 고양이 모르체가 반갑게 맞아 주었습니다.

7시가 되자마자 엄마와 아빠한테 아침 인사를 하고 거실로 나와 선물을 풀어 보았습니다. 선물 꾸러미에서 맨 처음 나온 것이 당신(일기장)이었는데, 정말 기뻤습니다.

탁자 위에는 장미 한 다발과 묘목 한 그루, 그리고 작약꽃도 몇

송이 있었어요. 꽃 선물은 나중에 더 받았습니다.

엄마와 아빠는 물론 여러 친구들한테 많은 선물을 받았습니다. 힐데브란트가 쓴 풍자 소설 『요지경』, 파티용 장난감, 사탕, 초콜릿, 퍼즐, 브로치, 요셉 코헨의 『산의 휴일』(정말 멋진 책입니다), 그리고 돈도 조금 있었습니다. 그래서 『그리스 로마 신화』를 살 수 있게 되었답니다.

정말 신나는 일이었어요!

애써 흥분을 가라앉히고 있을 즈음 리스가 왔어요. 우린 함께 학교에 갔습니다. 나는 생일 턱으로 아이들에게 비스킷을 나누어 주었답니다. 그러고 나서 공부를 시작했습니다.

이제 그만 쓰겠습니다.

안녕, 우린 아주 좋은 친구가 될 수 있을 거예요.

1942년 6월 15일 월요일

일요일 오후에 생일 파티를 했습니다. 개 린틴틴이 나오는 「등대지기」라는 영화를 봤는데, 친구들이 무척 좋아했습니다. 정말 멋진 파티였어요. 여자아이들과 남자아이들이 많이 와서 내 생일을 축하해 주었답니다.

엄마는 내 남자 친구들만 보면, 내가 나중에 누구랑 결혼하게 될까 궁금해하신답니다. 그 주인공이 페터 베셀이라는 사실은 꿈에도 모르실 거예요. 어느 날, 나는 얼굴도 붉히지 않고 눈도 깜박이지 않은 채 엄마가 다시는 그런 생각을 못 하시게 해 버렸습니다.

난 오랫동안 리스 구센과 산네 하우트만과 친하게 지냈어요. 그 후, 유대인 중학교에 와서 요피드 발을 알게 되었습니다. 우린 많은 시간을 함께 보냈고, 그 애는 이제 나와 가장 친한 친구가 되었습니다.

리스는 다른 여자아이와 더 친하답니다.

산네도 전학을 가서 새 친구들을 사귀고 있습니다.

1942년 6월 20일 토요일

며칠 동안 일기를 쓰지 않았습니다. 왜냐하면 일기를 쓰는 것에 대해 생각하고 싶었거든요. 나 같은 아이가 일기를 쓴다는 것이 괜찮은 일인가 하는 생각도 들었습니다. 일기를 써 본 적이 없어서가 아니라, 열세 살짜리 여자아이의 고백 같은 건 그다지 재미있지 않을 것 같아서입니다. 하지만 그런 건 상관없습니다. 난 일기를 쓰고 싶어요. 내 가슴속에 있는 걸 모두 털어놓고 싶습니다.

'종이는 사람보다 참을성이 많다.'는 말이 있습니다. 언젠가 밖으로 놀러 나가야 할지, 아니면 그냥 집에 있어야 할지를 결정하

는 것도 귀찮아서 손으로 턱을 괴고 멍하니 앉아 있는데 그 말이
생각났습니다. 그래요. 종이가 참을성이 많다는 건 맞는 말입니
다. 그리고 이 일기장은 남자아이든 여자아이든 진정한 친구가 아
니면 보여 주지 않을 테니까, 내가 무슨 말을 써도 괜찮을 거예요.

자, 그럼 이제 내가 일기를 쓰기 시작한 진짜 이유에 대해 솔직
하게 이야기하겠습니다. 그건 순전히 내게 진실한 친구가 없기 때
문입니다.

조금 더 정확하게 이야기할게요. 열세 살밖에 안 된 여자아이가
이 세상에 혼자 있는 것처럼 외로움을 느낀다면 누구도 믿지 않을
거예요. 또 진짜 혼자 사는 것
도 아니니까요. 내게는 사랑
하는 부모님과 열여섯 살 먹
은 언니가 있습니다. 친구라
고 부를 수 있는 아이도 서른
명쯤은 되고, 남자 친구도 많
습니다.

그 아이들은 어떻게든 내
시선을 끌어 보려고 야단인
데, 교실 거울로 나를 훔쳐보

1935년, 암스테르담의 메르베데플레인에서 친구인 한넬리 호
슬라르와 함께한 안네

기도 한답니다.

친척들도 많고, 아저씨랑 아주머니도 친절합니다. 또 좋은 집도 있어요. 그래요, 내게는 정말 무엇 하나 부족한 것이 없답니다.

하지만 친구들과는 그저 웃고 떠들기만 합니다. 언제나 쓸데없는 이야기만 한다니까요. 그래서 더 이상은 가까워질 것 같지 않아서 문제랍니다.

아마 난 다른 사람을 믿는 마음이 부족한 것 같아요.

그건 나로서도 어쩔 수 없는 일이지만요. 그래서 일기를 쓰기로 했습니다.

난 다른 사람들처럼 단순히 사건만을 늘어놓지는 않을 거예요. 내가 원하는 것은 일기를 친구로 삼는 것이니까 당신을 '키티'라고 부르겠습니다. 하지만 갑자기 당신한테 편지를 쓰면 내가 무슨 말을 하는지 이해하기 힘들 테니까, 내키지는 않지만 나에 대해 간단히 이야기하겠습니다.

아빠는 서른여섯 살 때 엄마와 결혼을 했는데, 그때 엄마는 스물다섯 살이었습니다. 언니 마르고트는 1926년 독일의 프랑크푸르트 암마인이란 곳에서 태어났고, 나는 1929년 6월 12일 세상에 나왔습니다.

우리는 유대인이어서 1933년에 독일에서 네덜란드로 이사 왔습니다. 아빠는 트라피스 상점의 지배인이 되셨습니다. 트라피스 상점은 같은 건물에 있는 콜린 상회와 관계가 밀접한데, 아빠는 이쪽의 간부로도 일하고 계세요.

하지만 독일에 남은 친척들은 히틀러의 유대인 탄압 정책 때문에 불안한 생활을 하고 있었습니다.

유대인 대학살이 있고 난 뒤에 외삼촌 둘은 미국으로 탈출했습니다. 그 무렵 할머니는 우리가 있는 곳으로 오셨는데, 그때 일흔세 살이셨습니다.

1940년 5월 이후로는 나쁜 일들만 일어났습니다. 전쟁이 일어났고, 독일군이 네덜란드로 쳐들어왔습니다. 그리고 우리 유대인에 대한 박해가 시작되었습니다.

유대인을 탄압하는 명령들이 차례로 내려졌습니다. 모든 유대인은 가슴에 노란 별을 달아야 했고, 가지고 있던 자전거도 모두 독일군에게 바쳐야만 했습니다. 열차는 물론 자동차도 탈 수가 없었어요.

물건은 3시에서 5시 사이에만 살 수가 있는데, 그것도 '유대인 상점'이라고 표시된 곳에서 사야만 합니다.

또 밤 8시 이후에는 집 밖으로 나갈 수가 없어요. 자기 집 뜰에도 앉아 있을 수 없답니다.

스포츠 경기도 할 수 없고, 수영장이나 테니스 코트, 하키 경기장 등 어떤 곳에도 들어갈 수가 없습니다. 기독교인들을 만날 수도 없고, 유대인 학교만 다녀야 합니다. 그 밖에도 우리가 지켜야 할 것들은 헤아릴 수 없이 많습니다.

할머니는 1942년 1월에 돌아가셨습니다. 내가 할머니를 얼마나 많이 사랑했으며, 지금도 얼마나 많이 사랑하는지 아무도 모를 거예요.

나는 1934년에 몬테소리 유치원에 들어갔어요. 초등학교도 그곳에서 다녔습니다.

6학년 B반이었을 때 K선생님과 헤어졌어요. 정말 슬펐습니다. 그리고 1941년, 언니와 유대인 중학교로 전학을 갔습니다. 언니는 4학년이 되었고, 나는 1학년이 되었습니다.

아직까지 우리 네 식구는 무사합니다. 이제부턴 지금의 일을 이야기해 줄게요.

1942년 6월 21일 일요일

키티.

우리 반 아이들은 모두 겁을 먹고 있어요. 이제 곧 선생님들이 학생들의 진급을 결정하는 회의를 하거든요.

누가 진급하고 누가 낙제할 것인가, 벌써부터 별별 소문이 다 떠돌고 있어요. 미프와 나는 우리 뒤에 앉은 빔과 자크 때문에 너무 우스워서 견딜 수가 없습니다.

"너는 진급할 거야."

"아냐. 안 될 거야."

"할 거라니깐!"

그 아이들은 아침부터 계속 내기를 하느라고, 아마 휴일에 쓸 용돈을 몽땅 써 버렸을 거예요. 미프가 조용히 해 달라고 부탁을 해도, 내가 화를 내도 소용이 없었습니다.

내 생각에 우리 반의 4분의 1 정도는 낙제할 것 같습니다. 몇 명은 정말 바보들이거든요. 그렇지만 선생님들은 누구도 말릴 수 없는 변덕쟁이들이니까, 이번에는 또 어떤 변덕을 부릴지 모르는 일이에요.

나와 여자 친구들은 조금도 걱정하지 않아요.

나는 수학에 조금 자신이 없긴 하지만 진급하는 건 걱정 없습니다. 나는 선생님들과 사이가 좋습니다. 선생님은 모두 아홉 분인데, 일곱 분은 남자 선생님이고 나머지 두 분은 여자 선생님이십니다. 나이 많은 수학 선생님은 내가 너무 재잘거린다고 화를 내셨습니다. 그래서 나는 '수다쟁이'라는 제목으로 작문을 써내야 했어요.

수다쟁이라! 뭐라고 쓰면 좋을까? 난처했지만 나중에 생각해 보기로 하고, 공책에 제목을 커다랗게 써 놓은 뒤, 될 수 있는 대로 수다를 떨지 않으려고 항상 조심했습니다.

그날 밤, 다른 숙제를 모두 끝냈을 때 공책에 써 둔 작문 제목이 눈에 들어왔습니다. 나는 만년필 뚜껑을 자근자근 깨물면서 '커다란 글자로 듬성듬성 무슨 단어든 끄적거리면 되겠지' 하고 생각했어요.

하지만 수다를 떨 필요성을 증명하는 게 문제였어요. 곰곰 생각하는데 갑자기 근사한 생각이 떠올라, 순식간에 세 쪽을 채우고 기분이 아주 좋아졌습니다.

나의 주장은 이런 것이었습니다.

"수다는 여자들이 가진 특성이다. 나 역시 마찬가지다. 하지만 나는 수다를 떨지 않으려고 노력할 예정이다. 그렇다고 수다를 전혀 떨지 않을 수는 없을 것이다. 왜냐하면 엄마가 나보다 훨씬 더 수다쟁이인데, 유전은 어쩔 수 없지 않은가?"

수학 선생님은 내 작문 숙제를 보고 웃음을 터뜨렸습니다. 그런데 그다음 시간에 내가 또다시 떠들자 다시 작문 숙제를 내셨습니다. 「고쳐지지 않은 수다쟁이」라는 제목이었지요.

난 그것도 써서 드렸습니다. 선생님은 두 시간 내내 아무 말씀도 안 하시더니, 셋째 시간이 되자 정말로 화를 내며 큰 소리로 말씀하셨습니다.

"안네야, 떠든 벌로 이번에는 「꽥꽥꽥 하고 떠벌이 부인이 말했습니다」라는 제목으로 작문을 써 오너라."

순간, 교실은 웃음바다가 되었습니다. 나도 따라 웃기는 했지만, 속으로는 이런 제목에 대해서는 더 이상 쓸 게 없다고 생각했습니다. 이번엔 뭔가 다른 얘기를 써야겠다고 생각하는데, 시를 잘 쓰는 산네가 그 주제로 시를 쓰면 어떻겠느냐고 했습니다.

난 무척 기뻤습니다. 선생님은 그런 우스꽝스러운 제목으로 날 골탕먹이려고 하셨지만, 난 반대로 선생님을 우리 반의 웃음거리로 만들어야겠다는 생각이 들었습니다.

시가 완성되었는데, 정말 훌륭했습니다.

새끼 오리 세 마리를 가진 엄마 오리와 아빠 백조 이야기였어요. 새끼들이 너무나 꽥꽥거려서 아빠 백조가 새끼들을 물어 죽였다는 내용이었답니다.

다행히 선생님은 그 이야기의 뜻을 아시고는, 반 아이들에게 큰 소리로 읽어 주신 뒤 설명도 해 주셨습니다. 다른 반에 가서도 그렇게 하셨답니다.

그날 이후 선생님은 내가 아무리 떠들어도 숙제를 안 내 주시고, 가끔씩 그 이야기를 하시면서 웃으셨습니다. 오리와 백조 이야기가 그렇게도 우스운 것인가요?

1942년 6월 24일 수요일

키티.

날씨가 찌는 듯 더워 몸이 녹아 버릴 것 같습니다. 그런데 이런 더위 속에서도 어딜 가든 걸어 다녀야 합니다. 전차가 얼마나 고

마운 것인지 이제야 알 것 같습니다.

하지만 그 전차는 이제 우리 유대인에게는 결코 탈 수 없는 사치품이 되고 말았습니다.

어제 점심 시간에는 얀 라이켄 거리에 있는 치과에 가야 했습니다. 학교에서 꽤 멀리 떨어져 있는 병원이랍니다.

내가 병원에 들어서자 간호사 언니가 마실 것을 주었습니다. 참 친절하고 좋은 사람이었습니다.

나룻배는 우리 유대인도 탈 수 있습니다. 그것이 유대인에게 허락된 유일한 교통 수단이랍니다.

요셉 이스라엘 부두에서 떠나는 배가 있는데, 우리가 부탁을 하면 태워 줍니다. 우리들이 이렇게 불편하게 사는 건 네덜란드 사람들 때문은 아닙니다.

부활절 휴가 때 자전거를 잃어버려 나는 학교에 가기가 싫어졌습니다. 엄마의 자전거는 아빠가 기독교인 친구 집에 맡겨 두었습니다. 하지만 곧 여름 방학이 시작됩니다.

일주일만 지나면 이런 고통도 끝납니다.

어제는 재미있는 일이 있었습니다. 자전거 보관소 앞을 지나가는데 누가 나를 불렀습니다. 어젯밤에 친구 에파네 집에서 본 남자아이였습니다. 그 아이는 수줍은 듯 다가오더니 해리 골드버그

야간 등화 관제 때 걷는 것이 위험하기 때문에 암스테르담의 운하를 따라 가드레일이 세워졌다.

라고 자신을 소개했습니다. 그러고는 괜찮다면 자기와 함께 학교에 가지 않겠느냐고 물어서 내가 대답했습니다.

　"방향이 같으니까 좋아."

　그래서 우리는 함께 학교에 갔습니다. 해리는 열여섯 살인데, 재미있는 이야기를 잘하는 아이였습니다.

　그 애는 오늘 아침에도 나를 기다리고 있었습니다. 앞으로도 계속 그럴 거라고 생각합니다.

1942년 7월 5일 일요일

키티.

지난 금요일이었습니다. 기말 고사 성적이 발표되었어요. 내 성적은 생각보다 좋았습니다.

만점이 하나였고, 수학은 5점이었어요. 그리고 6점짜리가 둘, 나머지는 7점과 8점이었습니다. 우리 부모님은 다른 부모님처럼 시험 성적에는 관심이 없지만, 그래도 기뻐해 주셨습니다. 부모님은 내가 건강하고 행복하며, 그리고 너무 건방지게 굴지만 않는다면 그것으로 만족하신답니다.

하지만 난 그렇지 않습니다. 어떤 이유로 공부를 하지 않았든, 열등생이 되긴 싫기 때문이지요.

마르고트 언니도 성적표를 받아 왔는데, 언제나 그렇지만 훌륭한 성적이었습니다. 우리 학교에 우등생 제도가 있다면 언니는 틀림없이 상급 학년으로 올라갔을 것입니다. 머리가 아주 좋거든요.

아빠는 요즈음 일거리가 별로 없어서 집에 계시는 날이 많습니다. 마땅히 할 일이 없어 시간이 많이 남는다는 건 정말 참을 수 없을 거예요.

며칠 전, 아빠와 함께 집 근처 공원을 산책할 때였습니다. 아빠는 머지않아 우리도 몸을 숨겨야 될 것 같다고 하셨습니다. 나는 아빠에게 왜 그래야 하느냐고 물었습니다.

"안네야, 우리가 일 년 전부터 식량과 옷가지, 그리고 가구들을 다른 곳으로 옮기고 있는 걸 알고 있지? 아빠는 우리 물건을 독일군에게 빼앗기고 싶지 않단다. 더군다나 우리들이 붙잡히는 것은 더욱 싫어. 그러니 놈들이 우릴 잡으러 오기 전에 숨어야 하는 거야."

아빠가 너무 진지하게 말씀하셔서 난 걱정이 되었습니다.

"아빠, 그게 언젠데요?"

"넌 걱정하지 않아도 돼. 엄마와 아빠가 알아서 할 테니까. 그러니 조금 변화가 생기더라도 네가 소녀 시절을 행복하게 보낼 수 있도록 노력했으면 좋겠다."

이야기는 그것으로 끝났습니다. 아, 그렇게 슬픈 일은 아주 먼 훗날에나 일어났으면 좋겠습니다.

1942년 7월 8일 수요일

키티.

일요일부터 오늘까지 몇 년이나 지난 것처럼 생각됩니다. 너무 큰 일들이 일어나서, 마치 온 세상이 거꾸로 뒤집힌 것 같습니다. 하지만 나는 아직 살아 있습니다. 키티, 아빠는 그것이 가장 중요하다고 말씀하셨습니다.

맞아요. 난 아직까지 살아 있습니다. 그러나 어디에서 어떻게 살고 있는지는 묻지 마세요. 말한다고 해도 잘 모르실 테니까요. 아무튼 일요일 오후에 일어난 일부터 이야기하겠습니다.

오후 3시에 누군가가 현관 벨을 눌렀습니다. 나는 베란다에서 햇볕을 쬐며 책을 읽느라고 벨 소리를 듣지 못했습니다. 그런데 잠시 후 마르고트 언니가 흥분해서 밖으로 나왔습니다.

"나치스 친위대(SS)가 아빠 앞으로 소환장을 보냈어. 그 일 때문에 엄마는 판 단 아저씨(아빠의 친구이며 회사 동료입니다)를 만나러 가셨단다."

언니의 말을 듣고 크게 놀랐습니다.

소환장! 그것이 무엇을 말하는지 모르는 사람은 없을 거예요. 나는 강제 수용소와 무시무시한 감방을 떠올렸습니다. 아빠를 그런 곳으로 가시게 할 수는 없습니다.

"물론 아빠는 가지 않으실 거야."

엄마가 돌아오기를 기다리는 동안 언니가 말했습니다.

"엄마는 우리가 당장 은신처로 옮겨 가야 하는지 의논하려고 판 단 아저씨 집에 가셨어. 판 단 아저씨네 식구도 우리와 함께 갈 거야. 그럼 모두 일곱 명이 되는 거지."

언니와 나는 아무 말도 하지 못했습니다. 아빠는 이런 일이 있는지도 모르고 유대인 요양소에 있는 아는 할아버지를 만나러 가셨답니다. 엄마를 기다리는 동안, 더위와 긴장감이 뒤범벅되어 무섭고 끔찍한 침묵이 흘렀습니다.

갑자기 또다시 초인종이 울렸습니다. 곧이어 집 안으로 사람이 들어오는 기척과 함께 문을 닫는 소리가 들렸습니다. 벨이 울릴 때마다 언니와 나는 살금살금 내려가서 혹시 아빠가 오셨는지 확인하곤 했습니다.

잠시 후, 언니와 나는 안방에서 쫓겨났습니다. 판 단 아저씨와 엄마는 따로 할 이야기가 있다고 했습니다.

언니와 나는 우리 방으로 들어갔습니다. 그런데 언니가 그 소환장이 아빠에게 온 것이 아니라 언니한테 왔다고 했습니다. 나는 너무 놀라서 울어 버렸습니다. 언니는 이제 겨우 열여섯 살인데, 이런 소녀를 데려가서 무엇을 하겠다는 것일까요? 하지만 언니는 가지 않을 겁니다. 엄마도 그렇게 말씀하셨고, 아빠도 '은신처' 얘기를 했기 때문입니다.

어디로 가게 될까? 도시일까, 시골일까? 벽돌집일까, 오두막집일까? 언제, 어떻게 그곳으로 가게 될까?

이런 것을 물어서는 안 되지만 그 생각이 머리에서 떠나지 않았

습니다. 언니와 나는 중요한 것들을 가방에 넣기 시작했습니다. 내가 가장 먼저 넣은 것은 일기장 키티입니다. 그리고 머리를 마는 도구와 손수건, 빗, 편지 등을 넣었습니다.

'은신처'로 간다는데 그런 물건들을 넣었다면 당신은 웃겠지요. 그렇지만 난 후회하지 않습니다. 나에게는 옷보다 추억이 더 소중하니까요.

오후 5시에 아빠가 돌아오셨습니다. 우리는 코프하이스 씨에게 전화를 걸어 오늘 밤에 와 주실 수 있는지 물어보았습니다. 판 단 아저씨는 미프 아주머니를 데리고 오셨습니다. 미프 아주머니는 1933년부터 아빠와 함께 일을 했기 때문에 우리와도 아주 친한 사이가 되었답니다. 아주머니의 남편 헹크와도 허물없이 지내는 사이입니다.

미프 아주머니는 집으로 오자 바로 구두와 드레스, 코트, 내의, 양말 등을 가방에 넣고는 밤에 다시 오겠다며 나갔습니다.

아주머니가 나가자 집 안이 조용해졌습니다. 모두 아무것도 먹지 않았습니다. 날씨는 무더웠고 모든 것이 아주 이상했답니다. 우리는 2층의 넓은 방을, 이혼하고 혼자 사는 하우트스미트라는 사람한테 빌려 주었습니다. 그는 할 일이 없는지 아래층에 내려와 10시까지 어슬렁거렸어요.

11시쯤에 미프 아주머니와 헹크 아저씨가 와서는 구두와 양말, 책, 속옷 등을 가방과 주머니에 담고는 또다시 가 버렸습니다.

나는 내 방 침대에서 자는 것이 마지막이란 걸 알면서도, 너무 피곤해서 다음 날 아침 5시 반에 엄마가 깨울 때까지 곤하게 잠들어 버렸습니다.

비가 왔기 때문에, 일요일처럼 덥지는 않은 날씨였습니다. 우리는 마치 북극 지방으로 떠나는 사람들처럼 옷을 잔뜩 껴입었습니다. 그렇게 해서라도 옷을 많이 가져가야 했습니다. 우리 같은 유대인들에겐 가방에 옷을 잔뜩 넣고 외출한다는 건 불가능한 일이었습니다.

나는 속옷 두 벌, 속바지 세 벌, 드레스 한 벌, 그 위에 스커트와 재킷, 또 여름 코트를 입었습니다. 그리고 두 켤레의 양말과 목이 긴 구두, 양털 모자, 스카프 등을 맸습니다. 출발하기 전부터 숨이 막힐 지경이었지만 누구 한 사람 말하지 않았습니다.

언니는 책가방에 교과서를 잔뜩 넣은 뒤, 자전거를 타고 미프 아주머니를 따라 어디론가 가 버렸습니다. 나는 언니가 어디로 가는지 몰랐습니다. 그때까지는 '은신처'가 어디에 있는지 알려 주는 사람이 없었기 때문입니다.

7시 반에 우리는 모두 집을 떠났습니다. 나와 작별 인사를 나눈

것은 고양이 모르체뿐이었습니다. 모르체는 다른 집에 가도 귀여움을 받을 거예요. 하우트스미트 씨에게 모르체를 돌봐 달라고 부탁해 두었습니다.

부엌에는 고양이가 먹을 고기가 놓여 있었고, 식탁에는 아침 식사를 한 그릇들이 그대로 있었습니다. 침대도 흐트러져 있어서 우리가 허둥지둥 떠났다는 인상을 주겠지만, 그런 건 상관없습니다. 우리는 그저 멀리 달아나서 안전한 곳으로 가고 싶었으니까요.

내일 계속 쓰겠습니다.

은신처

1942년 7월 9일 목요일

키티.

우린 그렇게 집을 나와서 비를 맞으며 걸어갔습니다.

아빠와 엄마, 그리고 나는 밖으로 삐져나올 만큼 물건들을 잔뜩
넣은 책가방과 종이 봉투를 들고 있었습니다. 출근하는 사람들이
딱하다는 듯 우리를 바라보았답니다. 차에 태워 주지 못하는 걸
미안해하는 표정이었습니다. 번쩍거리는 노란색 별표가 우리의
신분을 말해 주고 있었거든요.

거리로 나와서야 엄마와 아빠는 앞으로의 계획을 이야기해 주었
습니다. 벌써 몇 달 전부터 가재도구와 생활 필수품들을 '은신처'

로 옮겨 놓았다고 했습니다. 원래는 16일에 들어가기로 예정되어 있었답니다. 그 소환장 때문에 이사 날짜가 예정보다 열흘이나 앞당겨지는 바람에 준비가 덜 되어 불편하겠지만, 참을 수밖에 없다고 하셨습니다.

'은신처'는 아버지의 사무실이 있는 건물 안에 있었습니다. 나중에 자세히 설명할게요. 아빠의 사무실에서 일하는 사람은 많지 않습니다. 크라렐 씨, 코프하이스 씨, 미프 아주머니, 또 스물세 살 먹은 엘리 포센은 우리가 온다는 것을 알고 있었습니다. 그렇지만 엘리의 아버지인 포센 씨와 창고에서 일하는 두 아이에게는 비밀로 했답니다.

그럼 이제부터 그 건물에 대해 설명하겠습니다. 1층은 큰 점포인데 창고로도 사용되고 있어요. 창고 앞으로 현관이 있고, 또 현관으로 들어서면 층계로 이어지는 2층 출입구가 있습니다. 층계를 올라가면 방이 하나 있는데, 뿌연 유리창에 검은 글씨로 '사무실'이라고 씌어 있습니다. 이 방이 제일 큰 사무실인데, 밝고 가구도 많답니다. 여기서 엘리와 미프 아주머니, 코프하이스 씨가 일을 합니다.

금고와 옷장, 큰 찬장이 있는 어두컴컴한 방을 지나면 작고 어두운 두 번째 사무실이 나온답니다. 이전에는 크라렐 씨와 판 단 아저씨가 같이 썼는데, 지금은 크라렐 씨 혼자 쓴답니다. 이 사무실은 복도에서도 들어갈 수 있습니다. 유리가 박힌 문은 안에서는 잘 열리지만, 바깥쪽에서는 좀처럼 열리지 않습니다.

크라렐 씨 방에서 긴 복도를 따라 걸어가면 석탄 창고가 나오고, 그 끝에 있는 계단 네 개를 올라가면 이 건물에서 제일 훌륭한 방이 있습니다. 검고 묵직한 분위기, 리놀륨 위에 융단을 깐 바닥, 라디오, 멋진 램프……. 모든 것이 최고급품들입니다. 그 방 옆으로 널찍한 부엌이 있고, 거기에 뜨거운 물이 나오는 수도꼭지와 가스난로가 있습니다. 그 옆에는 화장실도 있습니다. 여기까지가 2층에 대한 설명입니다.

아래층 복도에서부터 이어져 있는 계단을 올라가면 3층의 좁은 층계참이 나옵니다. 층계참 양쪽에는 문이 하나씩 있는데, 왼쪽 문은 현관에 있는 창고와 다락방으로 갈 수 있습니다. 그 복도 끝에는 경사가 급한 계단이 있습니다. 이 네덜란드식 계단을 올라가면 한길을 내다볼 수 있는 창문이 있답니다.

층계참 오른쪽에 있는 문이 우리의 '은신처'로 통하는 입구입니다. 평범한 회색문 안에 그렇게 많은 방이 있으리라고는 아무도 상상하지 못할 거예요. 문 앞에 있는 작은 계단을 올라가면 바로 '은신처'로 들어갈 수 있습니다.

　입구 바로 반대편에는 가파른 계단이 있고, 왼쪽에 있는 좁은 통로를 따라가면 우리 프랑크 일가의 거실 겸 침실이 있습니다. 그 옆의 조그만 방이 언니와 내가 쓰는 공부방 겸 침실이랍니다. 오른쪽의 창문 없는 작은 방에는 세면대와 수세식 변기가 있고, 거기에 있는 또 하나의 문은 우리들 방으로 연결되어 있습니다.

　그런데 다음 계단을 올라가서 문을 열면, 운하 옆의 낡은 집에 이렇게 크고 밝은 방이 있다는 사실에 모두 깜짝 놀랄 것입니다. 이 방에는 가스난로와 싱크대가 있습니다. 옛날에는 실험실로 쓰였다고 하는데, 판 단 아저씨네 식구가 부엌, 거실, 식당 등 다용도로 쓸 계획입니다.

그 옆의 통로를 겸한 작은 방은 페터 판 단이 쓰게 될 거예요. 이 방 위에는 또 아래층 층계참에 있는 것과 같은 커다란 다락방이 있습니다.

자, 이것으로 우리의 '은신처'에 대한 소개는 끝났습니다.

1942년 7월 11일 토요일

키티.

아빠와 엄마, 그리고 언니는 15분마다 울리는 교회 시계 소리가 귀에 거슬린다고 합니다. 하지만 난 괜찮습니다. 처음부터 그 소리가 아주 마음에 들었습니다. 특히 밤이 되면 다정한 친구처럼 생각된답니다.

당신도 숨어서 사는 것이 어떤 기분인지 알고 싶겠죠? 하지만 솔직히 말하면 나도 아직은 잘 모르겠습니다.

이 집에서는 정말로 마음이 편하지 않습니다. 하지만 그렇다고 여기가 아주 싫은 것은 아니에요. 어떻게 이야기해야 할까요. 여름 방학 때 이상한 별장으로 놀러 온 것 같다고나 할까요. 어처구니없겠지만 그것이 나의 솔직한 느낌이랍니다.

이 '은신처'는 숨어서 살기에는 아주 좋은 장소입니다. 한쪽으로 약간 기울었고 또 습기가 조금 있기는 하지만, 암스테르담에서 이처럼 편한 '은신처'는 아마 없을 것입니다. 아니, 네덜란드를 몽땅 뒤져도 없을 거예요.

언니와 내가 쓰는 방은, 처음에는 벽에 아무런 장식도 되어 있지 않았습니다. 그런데 아빠가, 내가 모은 영화배우 사진과 그림 엽서들을 가져다 주셔서 곧 멋지게 꾸밀 수 있었습니다. 그러자 방이 훨씬 밝아졌는데, 나중에 판 단 아저씨가 다락방에서 목재를 가져와 작은 선반을 만들어 주었답니다. 그래서 방 안이 아주 환해졌습니다.

어젯밤, 우리 네 식구는 2층 전용 사무실에서 라디오를 들었습니다. 누가 들을지도 모른다는 생각이 들자, 나는 너무 겁이 나서 아빠한테 빨리 3층으로 가자고 졸랐습니다. 그러자 엄마가 내 기분을 금세 알아채고 데려다 주었답니다.

우리는 이웃 사람들이 우리 말소리를 듣거나, 우리를 보게 될까 봐 몹시 신경을 쓰고 있습니다. 그래서 여기에 도착하자마자 즉시 커튼을 만들었습니다. 사실 그건 커튼이라고 부를 수도 없는 것입니다. 굴러다니는 천을 주워다 아빠와 내가 기워 만든 것이니까요. 이 예술품은 떨어지지 않도록 핀으로 단단히 고정시켜 두었습니다.

'은신처' 오른쪽에는 커다란 회사 건물이 있고, 왼쪽에는 가구

공장이 있습니다. 근무 시간이 끝나면 아무도 없겠지만 벽을 타고 소리가 멀리 전달될 수도 있겠죠? 그래서 언니가 심한 감기를 앓을 때는 밤중에 기침 소리가 나지 않도록 기침약을 많이 먹어야 했습니다.

나는 판 단 아저씨네가 이사 온다는 화요일을 손꼽아 기다리고 있습니다. 사람이 많아지면 재미도 있고 갑갑하지도 않을 테니까요. 저녁때나 밤에 나를 무섭게 하는 것은 사방이 너무 조용하다는 것입니다. 우리를 보호해 줄 사람이 여기에 자주 와 주었으면 좋겠습니다.

한 발짝도 밖으로 나갈 수 없다는 것이 얼마나 답답한지 표현할 수가 없습니다. 또 '은신처' 안에서는 발소리를 내지 않고 걸어 다녀야 합니다. 그렇게 하지 않으면 아래층에서 일하는 사람들에게 들킬 위험이 있으니까요. 나는 우리가 들켜서 총살을 당하지나 않을까 무척 겁이 납니다.

1942년 8월 14일 금요일

키티.

한 달 동안이나 당신과 만나지 못하였습니다. 솔직하게 말하면 새로운 소식이 없었답니다.

7월 13일에 판 단 아저씨네 식구가 왔습니다.

처음에는 14일에 올 예정이었는데, 독일군이 7월 13일과 16일 사이에 출두하라는 호출장을 여기저기에 보내, 마음이 불안해서 하루 먼저 온 거예요.

9시 반에 아침 식사를 하고 있는데, 판 단 아저씨의 아들인 페터가 왔습니다. 페터는 열여섯 살이 채 안 된 약간 나약하고 수줍음을 잘 타는 소년입니다.

나와 친구가 되기는 어려울 것 같습니다. 그는 무치라는 고양이를 데리고 왔습니다.

1935년, 몬테소리 학교에서의 안네

판 단 아저씨와 아주머니는 30분 뒤에 오셨습니다. 아주머니가 모자 상자에 커다란 요강을 넣어 가지고 와서 우리는 한바탕 크게 웃었답니다.

"난 이게 없으면 어디를 가도 마음이 놓이지 않아요."

아주머니는 이렇게 말하면서 그것을 잠을 자는 긴 소파 아래로 밀어 넣었습니다.

그날부터 우리는 판 단 아저씨네 식구와 함께 식사를 했습니다. 3일 후에는 마치 한 가족처럼 친해졌답니다.

그것은 당연한 일이었지요.

아저씨네 식구들은 그동안 밖에서 일어난 일들을 이야기해 주었습니다. 그중에서 우리가 가장 흥미롭게 들은 것은 우리 집과 하우트스미트 씨에 대한 것이었습니다.

판 단 아저씨가 들려준 이야기는 다음과 같습니다.

월요일 아침 9시에 하우트스미트 씨한테서 전화가 왔어요. 그래서 급히 갔더니, 그 사람이 몹시 흥분해 있더군요. 나한테 당신들이 남긴 편지를 보여 주면서 편지에 씌어 있는 대로 고양이를 이웃 사람한테 맡기자고 하더군요.

그 사람이 당신들에 대해서 정말 아무것도 모르는 것 같아, 나는 속으로 기뻤어요. 하우트스미트 씨는 집을 수색당할지도 모르니까 집 안을 깨끗이 정돈하자고 했습니다. 그래서 아침 식사한 것까지 모두 치우는데 부인의 책상에서 마스트리히트의 주소가 적힌 편지를 보았어요. 나는 당신들이 일부러 그 편지를 놓아 두었다는 것을 눈치챘지만, 깜짝 놀란 체하며 하우트스미트 씨한테 그 편지를 찢어 버리라고 했습니다.

난 그때까지 당신들이 없어진 일에 대해서는 모른 척했는데, 갑자기 좋은 생각이 떠올랐어요. 그래서 하우트스미트 씨한테 이 주소가 누구 것인지 생각난다고 말했죠. 6개월 전에 회사로 어떤 독일 장교가 찾아온 적이 있는데, 프랑크 씨와 친한지 무슨 일이 생기면 언제든지 도와주겠다고 하더라고요.

그 장교가 마스트리히트에 살고 있으니, 내 생각으로는 약속대로 프랑크 씨 식구를 벨기에로 보내 다시 스위스로 가게 했을 거라고요. 그러니 친구들이 물어보면 그렇게 얘기하자고 했죠. 물론 마스트리히트란 말은 빼고 말입니다.

그렇게 말한 뒤 난 하우트스미트 씨와 헤어졌어요. 친구들은 대부분 당신들의 얘기를 그렇게 믿고 있습니다. 나한테도 그렇게 얘기한 친구들이 있었거든요.

우리 식구들은 이 이야기를 아주 재미있게 들었습니다. 아저씨가 우리에 대한 다른 소문들을 들려주었을 때는 배를 움켜쥐고 깔깔거렸답니다. 어떤 가족은 우리가 아침 일찍 자전거를 타고 지나가는 것을 보았다고 하고, 또 어떤 아주머니는 우리가 한밤중에 군용차로 끌려가는 것을 틀림없이 보았다고 했답니다.

어처구니가 없었습니다. 정말 놀랄 만한 상상력이지 뭐예요. 정말 깜짝 놀랐답니다.

1942년 8월 21일 금요일

키티.

우리는 '은신처'의 문을 아주 교묘하게 감추어 놓았습니다. 크라렐 씨가 우리 문 앞에 책장을 붙이자고 했습니다(많은 집들이 숨겨 놓은 자전거 때문에 수색을 당한다고 합니다). 물론 문처럼 잘 움직이는 책장이었습니다.

포센 씨가 그 일을 해 주었습니다. 우리의 비밀을 이야기해 주어서 아저씨는 아주 정성껏 만들어 주었답니다.

문 앞의 계단을 떼어 버렸기 때문에 아래층으로 가려면 몸을 구부리고 뛰어내려야 합니다. 처음 사흘 동안, 우리는 낮은 출입구에 이마를 부딪혀 혹투성이가 되었답니다. 지금은 문틀에 부드러운 헝겊을 대어 놓아 괜찮아졌어요.

요즘 나는 공부를 하지 않습니다. 9월까지는 쉬려고 해요.

그다음부터는 아빠가 공부를 가르쳐 주실 거예요. 그동안 내가 얼마나 많은 것을 잊어버렸는지 생각하면 끔찍하답니다.

우리의 생활은 거의 변화가 없습니다. 나는 판 단 아저씨랑 자주 말다툼을 한답니다. 하지만 언니는 나와 정반대여서 아저씨는 언니를 무척 귀여워하십니다.

엄마는 가끔 날 어린아이 대하듯 하세요. 난 그것이 불만이에요. 그것만 빼놓고는 모든 것이 조금씩 나아지고 있습니다.

나는 아직 페터와 친해지지 않았습니다. 페터는 정말 재미없는 아이랍니다. 언제나 침대에서 빈둥빈둥 누워 있다가 목공일을 조금 하고는 또다시 침대로 들어가 자는 거예요.

참 좋은 날씨입니다. 우리는 자유롭지는 못하지만, 다락방의 조립식 침대에 누워 열려 있는 창문으로 들어오는 햇빛을 즐기고 있습니다.

1942년 9월 29일 화요일

키티.

'은신처'에서는 정말 엉뚱한 일이 벌어지곤 한답니다. 여기에는

목욕탕이 없으니까 빨래통을 이용해서 목욕을 합니다. 사무실(아래층 전체를 말하는 것입니다.)에 뜨거운 물이 있으니까 우리 일곱 명은 돌아가면서 마음껏 사용할 수가 있습니다.

그런데 모두 성격이 달라서 목욕하는 장소가 각각 다르답니다. 페터는 문이 유리로 되어 있어 안이 훤히 들여다보이는데도 꼭 부엌에서 합니다.

목욕하기 전에 한 사람 한 사람 찾아다니며 30분 동안만 부엌을 들여다보지 말라고 부탁하는데, 그렇게 하면 괜찮을 거라고 생각하는 모양입니다.

판 단 아저씨는 4층에 있는 자신의 방에서 목욕을 합니다. 뜨거운 물을 나르는 것은 힘이 들지만, 혼자서 느긋하게 씻을 수 있으니 그것으로 만족하시는 듯합니다.

판 단 아주머니는 요즈음 전혀 목욕을 하지 않고 있습니다. 어디가 적당한 장소인지 찾고 있는 것 같습니다.

아빠는 2층 전용 사무실에서, 엄마는 부엌에 있는 방화용 철판 뒤에서 하신답니다. 마르고트 언니와 나는 현관 사무실을 골랐습니다. 토요일 오후면 커튼이 드리워지기 때문에, 반쯤 어두컴컴한 곳에서 목욕을 할 수 있습니다.

하지만 난 그것이 마음에 들지 않아 좀 더 안전한 장소를 찾기로 했습니다. 페터가 큰 사무실의 화장실을 사용해 보라고 했습니다. 거기라면 앉을 수도 있고, 불을 켜도 되고 문을 잠근 뒤 물을 끼얹으면 누가 엿보지 않을까 걱정하지 않아도 된다고 말입니다.

일요일에 처음으로 나는 그 멋진 목욕탕을 사용해 보았습니다. 소리가 시끄럽긴 하지만 난 그곳이야말로 가장 좋은 장소라고 생각합니다.

지난주에는 배관 공사를 하는 사람이 아래층 수도관과 하수구를 사무실 화장실에서 복도로 옮기는 공사를 했습니다. 추운 겨울에 파이프가 얼어 터지는 것을 막기 위해서입니다. 그렇지만 우리에게는 크게 불편한 일이었습니다. 하루 종일 물을 쓸 수가 없고, 화장실에도 갈 수 없었으니까요.

그때의 일을 자세하게 이야기한다는 것은 별로 점잖은 일이 못 되지만, 난 그렇게 얌전한 숙녀가 아니니까 말하지 않고는 견딜 수가 없군요.

지금 우리가 머무르고 있는 '은신처'로 온 첫날, 아빠와 나는 임시로 요강을 하나 만들었답니다. 유리 그릇을 담아 두는 항아리로 만든 거예요. 배관 공사를 하는 동안 거실에 있는 그 항아리에 배설물이 차곡차곡 쌓였답니다.

하지만 이런 불편함은, 하루 종일 가만히 앉아서 아무 말도 하지 않고 있는 괴로움에 비하면 아무것도 아닙니다. 나 같은 수다쟁이에게는 침묵을 지키는 게 정말 괴로운 일이랍니다.

다른 때도 말을 하려면 속삭여야 하지만, 말도 못 하고 움직이지도 못하니까 열 배나 힘들었습니다. 사흘이나 계속 앉아만 있었더니 엉덩이가 딱딱하게 굳어져 몹시 아팠습니다. 잘 때 조금 운동을 했더니 괜찮아졌답니다.

공포의 순간들

1942년 10월 1일 목요일

키티.

어제는 정말 끔찍했습니다. 8시에 별안간 벨이 울렸습니다. 당연히 누가 온 것으로 생각했지요. 내가 누구를 생각했는지 알겠지요? 하지만 모두 장난꾸러기 아이들이거나 집배원일 거라고 말해서 겨우 안심을 했습니다.

이곳은 점점 조용해지고 있습니다.

레빈이라는 유대인 약사가 크라렐 씨 밑에서 일을 하고 있는데, 건물 안을 구석구석 알고 있어서 혹시나 옛날 실험실을 들여다보러 오지 않을까 모두 겁을 내고 있습니다.

공중에서 본
베스테르케르크의
비밀 다락방

우리는 생쥐처럼 조용히 살고 있습니다. 석 달 전만 하더라도 수다쟁이였던 안네가 몇 시간 동안 계속 조용히 앉아 있으리라고 누가 상상이나 했을까요?

29일은 판 단 아주머니의 생일이었습니다. 요란스러운 축하는 할 수 없었지만, 아주머니를 위해 작은 파티를 열었습니다. 특별히 좋은 음식과 조그만 선물 몇 개와 꽃을 드렸습니다. 아저씨는 빨간 카네이션을 선물하셨는데, 그것은 아저씨네 집안의 전통인 것 같습니다.

페터는 가끔 자기 보금자리에서 나와 우리를 웃기기도 합니다. 페터와 나는 닮은 점이 하나 있습니다. 그것은 둘 다 분장하기를 좋아한다는 거예요. 페터가 아주머니의 폭 좁은 드레스를 입고 여자 모자를 쓰고, 내가 페터의 양복에 남자 모자를 쓰고 나타나자 어른들은 배꼽을 잡고 웃으셨습니다. 우리도 기분이 좋아져서 마음껏 웃었답니다.

엘리가 백화점에서 마르고트 언니와 내게 치마를 사다 주었습니다. 삼베같이 형편없는 천인데도 언니 것은 24플로린이고 내 것은 7.75플로린이라니, 전쟁 전과 비교하면 엄청난 차이가 납니다.

또 한 가지, 이제까지 비밀로 했던 놀라운 이야기가 있습니다. 엘리가 비서 학교 같은 데 편지를 써서 언니와 페터, 그리고 나의 속기 통신 강의를 신청해 주었습니다. 내년쯤에 우리가 속기를 얼마나 잘하게 될지 기대해 주세요. 어쨌든 속기를 할 수 있게 되었다는 것은 아주 중요한 일입니다.

1942년 10월 9일 금요일

키티,

오늘은 슬프고 비참한 소식뿐입니다. 우리 유대인 친구들이 10여 명씩 잡혀가고 있어요. 게슈타포(나치스 독일 비밀 경찰)는 사람들을 가축 운반용 트럭에 싣고, 드렌테에 있는 집단 수용소 베스테르부르크로 보냅니다. 베스테르부르크는 네덜란드에서 제일 큰 유대인 집단 수용소로, 아주 끔찍한 곳이랍니다.

백 명이나 되는 사람들이 한 개의 샤워실을 사용하고, 화장실도 모자란답니다. 여자들을 위한 시설도 없어서 남자, 여자, 어린아이 할 것 없이 한 군데서 자기 때문에 상상할 수 없는 일들이 벌어진다고 합니다.

거기서 도망치는 건 불가능해요. 모두 머리를 빡빡 깎인데다가, 또 외모만으로도 한눈에 유대인임을 알아볼 수 있으니까요.

여기 네덜란드에서도 그렇게 심한데, 멀리 떨어진 곳으로 보내진 사람들은 어떻게 되었을까요? 그 사람들은 대부분 죽었을 거예요. 영국의 라디오 방송에서는 그들이 독가스로 살해되었다고 보도하고 있습니다.

아마도 그것이 제일 쉬운 방법일 거예요. 공포로 가슴이 답답해지는군요. 미프 아주머니가 그런 끔찍한 이야기를 하는 동안 난 울지 않을 수 없었습니다.

이것으로 나쁜 소식이 모두 끝났다면 얼마나 좋겠어요. 인질이라는 말을 들어 본 적 있나요? 그것은 반나치스 저항 활동에 대한 벌이랍니다. 당신은 그것이 얼마나 무시무시한지 상상할 수도 없을 것입니다.

아무 죄도 없이 이름만 들어도 알 만한 사람들이 감옥에 갇혀 죽을 날만 기다리고 있습니다. 저항 활동의 범인이 잡히지 않으면, 게슈타포는 다섯 명의 인질을 죽여 버립니다.

신문에 그들의 죽음에 대한 기사가 자주 오르내리는데, 어처구니없게도 사고로 죽었다고 보도합니다.

독일 사람들은 정말 영악한 사람들입니다. 나도 예전에는 그들 중 한 사람이었다니, 생각만 해도 견딜 수가 없습니다. 히틀러는 오래전에 우리의 국적을 빼앗아 갔습니다.

이제 독일 사람들과 우리 유대인들은 세상에서 둘도 없는 원수가 된 것입니다.

1942년 10월 20일 화요일

키티.

벌써 두 시간이나 지났는데 아직도 손이 떨리고 있습니다. 무서운 일이 있었습니다. 이 집 안에는 소화기가 다섯 개 있습니다. 누군가 그 내용물을 채우러 온다는 것은 알고 있었지만, 언제 온다고는 아무도 알려 주지 않았습니다.

그래서 내가 책장으로 위장된 입구 밖에서 망치 소리를 듣기 전까지는 누구도 조용히 해야 한다는 생각을 못 했습니다. 나는 일하는 사람이 왔다는 걸 알아차리고, 함께 식사를 하고 있던 엘리에게 지금 아래층으로 내려가면 안 된다고 이야기했습니다.

아빠와 나는 입구 안쪽에 서서, 그 사람이 언제 돌아가는지 귀를 기울였습니다. 15분쯤 지나자 그 사람은 사용하던 망치와 다른 도구를 책장 위에 올려놓고(우리는 그렇게 생각했습니다.) 문을 똑똑 두드렸습니다.

우리는 새파랗게 질렸습니다. 무슨 소리를 듣고 책장 뒤를 살펴보려는 것 같았거든요. 그 사람은 얼마 동안 문을 두드리더니, 밀고 잡아당기고를 반복했습니다.

낯선 사람에게 우리의 소중한 '은신처'가 탄로날지도 모른다는 생각이 들자 정신이 아찔해졌습니다.

드디어 최후의 순간이 왔다고 생각했을 때, 밖에서 귀에 익은 목소리가 들려왔습니다.

"문 열어요, 접니다."

코프하이스 씨였습니다.

우리는 서둘러 문을 열었습니다. 비밀을 알고 있는 사람들은 고리를 금방 열 수 있는데, 그 고리가 잘못 걸려 있어서 열리지 않았던 것입니다.

일하는 사람은 벌써 일을 끝내고 아래층으로 내려간 뒤여서 코프하이스 씨가 엘리를 부르러 왔는데, 책장이 열리지 않아 소동이 벌어진 것입니다.

우리는 그때처럼 공포에 질린 적이 없었습니다. 노크 소리가 들리고 밀고 잡아당기던 그 순간, 내 머릿속에서는 문밖에 있던 사람이 거대한 독재자의 모습으로 변해 갔습니다.

정말 아무 일 없이 지나갔으니 얼마나 다행입니까.

그런데 어제 저녁에는 재미있었습니다. 미프 아주머니와 헹크 아저씨가 자고 갔거든요. 언니와 나는 엄마 방에서 자고, 우리 방을 미프 아주머니와 헹크 아저씨에게 비워 주었습니다.

저녁 식사는 꿀맛이었지만 곤란한 일이 생겼습니다. 퓨즈가 끊어져 집 안이 깜깜해졌어요. 모두 어떻게 할까 고민했습니다. 퓨

즈는 있었지만 두꺼비집이 캄캄한 창고 뒤에 있었거든요. 그렇지만 남자들이 용기를 내서 고친 덕에 10분 뒤에는 다시 등을 켤 수 있었습니다.

오늘 아침에는 일찍 일어났습니다. 헹크 아저씨가 8시 반에 나가야 했기 때문입니다. 미프 아주머니는 기분 좋게 아침 식사를 하고 아래층으로 내려갔습니다. 밖에는 비가 주룩주룩 내리고 있었습니다. 미프 아주머니는 자전거를 타고 출근하지 않아도 된다고 기뻐했습니다.

다음 주에는 엘리가 와서 자고 가기로 했습니다.

1942년 10월 29일 목요일

키티,

아빠가 편찮으셔서 몹시 걱정이 됩니다. 열이 심하고 얼굴에 빨갛게 종기 같은 게 돋았습니다. 아무래도 홍역 같아요.

의사 선생님을 부를 수 없다니 슬퍼집니다. 엄마는 아빠가 땀을 많이 흘리도록 했습니다. 그렇게 하면 열이 내리겠지요.

미프 아주머니의 말이, 오늘 아침 독일군들이 판 단 아저씨네 집에서 가구를 몽땅 실어 갔다고 합니다. 아주머니한테는 아직 알리지 않았습니다. 그런 일이 없어도 좀 성가신 분인데, 집에 두고 온

예쁜 사기 그릇이나 좋은 의자 때문에 징징 우는 건 정말이지 질색입니다. 우리도 좋은 물건을 거의 다 집에 두고 왔습니다. 하지만 운다고 무슨 소용이 있겠어요.

나는 요즈음 어른들의 책을 좀 읽어도 좋다고 허락을 받았습니다. 지금은 『에바의 청춘』이란 책을 읽고 있습니다. 여학생들의 연애 이야기와 별로 다를 게 없다고 생각합니다. 에바가 생리를 시작한 이야기도 씌어 있어요. 나도 빨리 그렇게 되었으면 좋겠습니다. 여자에게는 굉장히 중요한 일이니까요.

내일부터는 벽난로에 불을 지피기로 했습니다. 몇 년 동안이나 굴뚝 청소를 한 일이 없다니 아마 연기 때문에 숨이 막힐 거예요.

굴뚝이 뚫려 있으면 좋을 텐데…….

1942년 11월 7일 토요일

키티.

엄마가 자꾸 초조해합니다. 아무래도 이건 나에게는 별로 좋지 않은 징조입니다.

아빠와 엄마는 절대 언니를 꾸짖지 않고 무엇인가 나쁜 일이 생기면 모두 내 탓으로 돌리시는데, 모든 것이 우연일까요?

어제 저녁 일만 해도 그래요. 언니는 예쁜 그림이 있는 책을 읽다가 그 자리에 놓아 둔 채 아래층으로 내려갔습니다. 그때 마침 나는 할 일이 없어서 그 책을 들고 그림을 보았는데, 잠시 후 돌아온 언니가 얼굴을 찌푸린 채 책을 달라고 했습니다. 내가 조금만 더 보겠다고 했더니 화를 냈습니다.

그러자 엄마가 언니 편을 들며 말씀하셨습니다.

"그 책은 마르고트가 보던 책이니까 돌려줘야지."

그때 아빠가 방으로 들어오셨습니다. 아빠는 무슨 일이 있었는지도 모르면서 언니의 뾰로통한 얼굴을 보더니 이렇게 말씀하시는 거예요.

"만일 언니가 네 책을 빼앗았다면 넌 뭐라고 하겠니?"

나는 얼른 책을 놓고 방에서 나와 버렸습니다. 모두들 내가 화가 나서 뛰쳐나갔다고 생각했겠지만, 그렇지 않아요. 난 그냥 슬펐을 뿐이랍니다. 싸움의 원인도 모르면서 아빠가 나를 나쁘게 생각하시는 것은 옳지 않습니다.

만일 아빠나 엄마가 우리 일에 나서지 않았더라면 나는 더 빨리 언니에게 책을 돌려주었을 것입니다.

두 분 다 언니가 무슨 굉장한 일의 희생자나 되는 듯이 편을 드는 게 슬펐습니다.

엄마는 언제나 언니 편입니다. 이제는 이런 일에 익숙해져서, 엄마가 이러쿵저러쿵 설교를 늘어놓아도, 언니가 토라져도 전혀 신경 쓰지 않습니다. 나는 엄마와 언니를 사랑하고 있습니다. 하지만 그것은 나의 엄마이고 언니이기 때문입니다.

아빠는 전혀 다릅니다. 만일 아빠가 언니를 착한 사람의 본보기라고 말하시거나, 언니가 한 일을 칭찬하고 안아 주시거나 하면 무엇인가가 내 가슴속에서 소용돌이친답니다. 아빠를 몹시 좋아하기 때문이지요. 내가 존경하는 사람은 아빠 한 사람뿐입니다. 그런데 아빠는 언니와 나를 차별하면서도 그것을 느끼지 못하고 계신답니다.

언니가 이 세상에서 가장 귀엽고 아름다운지는 모르지만, 나 역시 소중한 대접을 받을 권리가 있다고 생각합니다.

나는 언제나 식구들에게 버릇없는 못난이 대접을 받습니다. 무슨 일을 하든 늘 야단을 맞으니까 화가 납니다.

그래서 똑같은 일을 하는데도 언니보다 더 힘이 들어요. 그렇게 드러내 놓고 언니 편을 드는 것은 참을 수가 없습니다.

나는 언니를 질투하지 않습니다. 언니가 귀엽고 예쁜 것을 부러워하지도 않아요. 내가 바라는 것은 아빠의 진실한 사랑입니다. 딸로서가 아니라 안네라는 하나의 인격체로서 사랑을 받고 싶습니다.

하지만 나는 엄마의 결점에는 참을 수가 없습니다. 아니, 어떻게 참아야 할지 모르겠습니다. 엄마의 빈정거림이나 불친절을 날마다 집어낼 수는 없지만, 어쨌든 엄마와 나는 모든 점에서 정반대랍니다.

그러니 서로 충돌하는 것도 당연하죠. 엄마의 성격에 대해 좋다거나 나쁘다고 말할 생각은 없습니다. 나로서는 그것을 판단할 수도 없으니까요. 나는 그냥 어머니로만 바라볼 뿐입니다. 하지만 별로 엄마답다고는 생각하지 않습니다. 그래서 나 자신이 나의 어머니가 되어야 합니다.

나는 지금 집안 식구 모두와 떨어져 외톨이처럼 지냅니다. 스스로 운명이라는 배의 키를 잡고 있는 선장이 된 셈이지요. 어디로 가서 닿을지는 나중에 알게 될 것입니다.

내가 이런 생각을 하는 것은 마음속으로 '완전한 어머니나 아내란 이래야 한다.'는 생각이 있기 때문입니다. 하지만 내가 '엄마'라고 부르는 분에게서는 그런 것을 조금도 찾아볼 수가 없습니다.

나는 언제나 엄마에게서 나쁜 점 대신 좋은 점만을 보려고 애쓰고 있습니다. 엄마에게서 찾을 수 없는 것은 나 자신 속에서 발견해 내려고 합니다. 그러나 잘되지 않습니다. 무엇보다 더 나쁜 것은, 엄마와 아빠가 그런 내 마음을 몰라준다는 것입니다. 이것은 두 분 모두의 잘못이라고 생각합니다. 아이들을 완전하게 만족시킬 수 있는 부모님은 없는 것일까요?

가끔 나는 하느님이 나를 시험한다고 생각한답니다. 지금도 그렇고 앞으로도 그럴 거라고요. 난 모범이 될 사람의 도움을 받지 않고 혼자 힘으로 훌륭한 사람이 되어야 합니다. 그렇게 된다면 나는 지금보다 더 강한 사람이 되겠지요.

내가 지금 쓰고 있는 일기를 읽을 사람이 나말고 누가 있을까요? 나 이외의 누구에게서 위로를 받을 수 있을까요? 이따금 나는 누군가 나를 위로해 주었으면 하고 바랍니다. 그런 생각이 들 때마다 내가 약하다는 생각이 들고, 불쌍하다는 생각까지 듭니다.

그것을 알고 있기 때문에 날마다 더 나은 사람이 되려고 노력하고 있습니다.

당신은 참을성이 많으니까 내가 하는 말을 처음부터 끝까지 들어 주겠지요? 나는 무슨 일이 있어도 꾹 참고, 어떤 어려운 일이 있더라도 내가 나아갈 길을 찾아낼 것을 약속합니다.

내가 원하는 것은, 내가 노력한 결과를 보고 가끔은 사랑하는 누군가가 격려라도 해 주면 좋겠다는 것뿐이랍니다.

1942년 11월 9일 월요일

키티,

어제는 페터의 열여섯 번째 생일이었습니다. 그는 멋진 선물을 받았는데, 그중에는 모노폴리 게임 기구와 면도기, 라이터도 있었습니다. 사실 그는 담배를 많이 피우지 않습니다. 어른들한테 뽐내고 싶어서 일부러 피우는 거예요.

오후 1시에 판 단 아저씨가 중대한 뉴스를 알려 주었습니다. 영국군이 튀니스와 알제리, 그리고 카사블랑카와 오랑에 상륙했다는 것입니다.

"이것은 종말의 시작이야."

모두 그렇게 말했다고 합니다. 그러나 영국의 처칠 수상이 그 뉴스에 대해 한 말은 다릅니다.

"이것은 종말도 아니고 종말의 시작도 아니다. 잘되면 아마도 시작의 끝이 될 것이다."

당신은 그 차이점을 아시겠어요? 아무튼 희망적인 소식인 것만은 확실합니다. 3개월 동안이나 러시아 사람들이 온 힘을 다해 지키고 있는 스탈린그라드는 아직 독일군의 손에 들어가지 않았습니다.

다시 '은신처' 이야기를 하겠습니다. 식량 배급에 대해서 말하지 않을 수가 없습니다. 당신도 잘 알다시피 4층에는 먹보들이 모여 있습니다. 우리는 코프하이스 씨의 친구인 친절한 빵 가게 주인한테서 빵을 사는데, 전처럼 많이 살 수는 없지만 부족하지는 않습니다. 네 사람 분량의 식량 배급 카드를 암시장에서 구했거든요.

배급 카드 값은 자꾸 올라서, 27플로린이던 것이 지금은 32플로린이나 한답니다. 인쇄된 종이 쪽지가 그렇게 비쌉니다. 통조림이 백 통쯤 있지만, 오래 저장할 수 있는 것이 더 필요해서 말린 강낭콩과 완두콩을 270파운드 정도 샀습니다. 거기에는 사무실 사람들 것도 있습니다.

콩을 자루에 담아 비밀 책장 문 안쪽에 매달아 두었는데, 너무 무거워서 자루의 솔기가 터지려고 합니다. 그래서 지붕 밑 광에 두는 것이 좋겠다고 해서 페터가 자루를 나르는 일을 맡았습니다. 여섯 자루 중 다섯 개는 무사히 운반했는데, 마지막 자루를 들 때 자루 밑 솔기가 터지면서 우박처럼 콩이 계단으로 쏟아져 내렸습니다. 50파운드나 되는 콩이 쏟아졌는데, 죽은 사람도 놀라서 벌떡 일어날 정도였답니다. 아래층에 있는 사람들은 건물이 송두리째 무너져 내리는 줄 알았답니다. 건물 안에 외부 사람들이 없었다는 것만으로 감사할 일이지요.

페터는 깜짝 놀랐지만, 곧 깔깔거리며 웃음을 터뜨렸습니다. 계단 밑에 서 있던 내가 콩으로 된 바다의 조그만 섬처럼 보였기 때문이랍니다. 진짜로 나는 발목까지 콩 속에 묻혀 있었답니다.

　사람들은 허겁지겁 콩을 주워 담으려 했지만, 작고 미끄러운 콩들은 엉뚱한 곳으로 마구 굴러갔습니다. 나는 요즘도 아래층으로 내려가다가 콩을 주워 판 단 아주머니에게 가져다 주곤 한답니다.

　참, 아버지의 병이 다 나았다는 소식을 잊을 뻔했습니다.

　덧붙임 : 지금 막 라디오에서 알제리를 함락했다는 뉴스가 나왔습니다. 모로코, 카사블랑카, 오랑은 며칠 전에 벌써 영국군의 손에 넘어갔다고 합니다. 다음은 튀니스 차례입니다.

새로운 식구

1942년 11월 10일 화요일

키티,

특별한 뉴스가 있습니다. '은신처'에 여덟 번째 식구가 들어올 듯합니다. 그동안 우리는 한 사람쯤 더 있어도 될 만큼 식량과 빵이 넉넉하다고 생각했습니다. 코프하이스 씨나 크라렐 씨에게는 미안한 일이지만요. 요즈음 유대인에 관한 이야기가 날이 갈수록 비참해져서, 아빠가 두 분과 이야기를 하셨습니다. 두 분은, '일곱이나 여덟이나 위험한 건 마찬가지.'라면서, 찬성했답니다.

정말 옳은 얘기입니다. 이렇게 결정되자, 우리들과 잘 지낼 수 있는 사람을 찾기 시작했습니다. 적당한 사람을 찾는 것은 어렵지 않았어요. 판 단 아저씨네 친척은 아빠가 거절하셨습니다.

결국 알베르트 듀셀이라는 치과 의사가 선택되었는데, 그의 부인은 전쟁이 일어났을 때 다행히도 외국으로 나가 있었답니다. 듀셀 씨는 아주 조용한 분으로 알려져 있으니까, 우리와 잘 지낼 수 있을 거예요.

듀셀 씨가 들어오면, 마르고트 언니 대신에 나와 같은 방에서 지내게 됩니다. 언니는 캠프용 침대를 쓰기로 했습니다.

1942년 11월 12일 목요일

키티.

듀셀 씨는 미프 아주머니에게서 숨을 곳이 있다는 말을 듣고 굉장히 기뻐했답니다. 미프 아주머니는 그에게 될 수 있는 대로 빨리, 가능하면 토요일에 오라고 했습니다. 그런데 듀셀 씨는 진료 카드를 정리하고, 환자도 몇 명 치료하고, 또 여러 군데 계산할 것도 있어서 토요일은 힘들겠다고 말했답니다.

미프 아주머니는 오늘 아침 그 말을 전하려고 찾아왔습니다. 우리 모두 듀셀 씨가 그렇게 꾸물거리는 것은 좋지 않은 일이라고 생각했습니다. 미프 아주머니는 다시 듀셀 씨를 만나, 토요일에 올 수 있는지 물어보기로 했습니다.

듀셀 씨는 그렇게는 안 되겠다며, 월요일에 오겠다고 했습니다. 이런 일에 망설이다니 조금 이상했습니다. 만일 거리에서 잡힌다면 진료 카드를 정리하거나 환자를 돌보고 계산을 하는 게 무슨 의미가 있을까요? 아빠가 양보를 한 것은 어리석은 일 같습니다.

1942년 11월 17일 화요일

키티,

듀셀 씨가 오셨습니다. 모든 것이 잘되었습니다.

미프 아주머니는 듀셀 씨에게, 오전 11시까지 우체국 앞 약속 장소로 나와야 한다고 말했답니다. 어떤 남자가 데리러 가기로 했다면서요. 듀셀 씨는 시간에 맞추어 나왔습니다.

그러자 듀셀 씨를 잘 아는 코프하이스 씨가 다가가, 약속한 사람이 사정상 올 수 없게 되었으니 사무실로 가서 미프 씨를 만나라고 말해 주었습니다. 그리고 나서 코프하이스 씨는 전차를 타고 사무실로 돌아왔습니다.

듀셀 씨는 유대인이기 때문에 전차를 탈 수 없어, 걸어서 오느라고 11시 20분에 사무실에 도착했습니다.

미프 아주머니는 노란 별이 보이지 않도록 듀셀 씨의 코트를 재빨리 벗긴 뒤, 2층 전용 사무실로 안내했습니다.

코프하이스 씨는 그곳에서 듀셀 씨와 잡담을 하면서 청소부 아주머니가 돌아가기를 기다렸습니다.

청소부 아주머니가 돌아가자, 미프 아주머니는 전용 사무실에서 할 일이 있다며 듀셀 씨를 3층으로 데리고 갔습니다. 그러고는 듀셀 씨가 놀라는 것도 아랑곳하지 않고 비밀 책장 문을 열고 안으로 들어왔습니다.

우리는 3층 거실에서 커피와 코냑을 준비해 놓고 식탁에 둘러앉아 새로운 식구를 기다리고 있었습니다.

미프 아주머니는 먼저 3층 거실로 듀셀 씨를 안내했습니다. 듀셀 씨는 금방 우리 집 가구를 알아보았지만, 위층에 우리가 있으리라고는 꿈에도 생각하지 못했답니다. 그래서 미프 아주머니가 그런 이야기를 해 주자, 너무 놀라서 기절할 정도까지 되었습니다. 미프 아주머니는 듀셀 씨가 기절할 시간을 주지 않고, 그를 데리고 곧바로 위층으로 올라왔습니다.

듀셀 씨는 의자에 털썩 주저앉아, 멍청하게 우리를 둘러보았습니다. 그러다가 더듬더듬 독일말을 섞어 가면서 말했습니다.

"그러니까……, 당신들은 벨기에로 가지 않았군요. 그 독일 장교인가 뭔가 하는 사람은 오지 않았나요? 결국 도망가지 못한 거로군요?"

우리는 듀셀 씨에게 모든 것을 설명해 주었습니다. 독일 장교나 자동차는 사람들을 속이기 위해서 꾸민 이야기이고, 벨기에로 도망갔다는 것도 독일군을 속이기 위해 일부러 지어낸 이야기라고 말해 주었죠.

듀셀 씨는 우리의 계획이 놀랍다는 듯 감탄했습니다. 그러다가 다시 우리의 작은 '은신처'를 자세히 살펴보고는 입을 다물지 못했습니다.

우리는 다 함께 점심 식사를 했습니다. 그런 뒤 듀셀 씨는 잠시 낮잠을 잤고, 차 마실 시간에 일어나 소지품을 정리했습니다. 짐은 미프 아주머니가 미리 가져다 놓았습니다. 그러는 동안 듀셀 씨는 천천히 안정을 찾는 듯했습니다. 특히 타자로 친 '은신처의 규칙'을 받아 들었을 때는 완전히 안심하는 눈치였습니다.

이 규칙은 판 단 아저씨가 만들었는데, 다음과 같습니다.

　　- '은신처'에 대한 설명 및 안내 -

유대인 및 그와 비슷한 사람들을 위해 특별히 마련한 임시 주거지. 아름답고 조용하며, 주변은 문화 지구로 암스테르담 중심가에 위치. 교통 수단으로 13번 및 17번 전차 또는 자동차나 자전거 이용 가능. 독일군이 대중교통의 이용을 금할 때는 걸어올 수 있음.

- 숙박비 및 식비 : 무료

- 식사 : 특별한 다이어트 요리

- 욕실 있음(단, 욕조는 없음). 곳곳에 수도꼭지 있음.

- 모든 종류의 짐을 보관할 장소 있음.

- 라디오 설비가 있어 런던·뉴욕·텔아비브 등 많은 방송국에서 직접 수신, 오후 6시까지만 이용 가능. 어떤 방송이든 들을 수 있으나, 독일 방송은 고전 음악 등 특별 프로그램만 들을 수 있음.

- 휴식 시간 : 밤 10시부터 아침 7시 30분까지, 일요일은 10시 15분. 거주자의 형편에 따라 하루 종일 휴식도 가능. 공동의 안전을 위해 휴식 시간을 반드시 지킬 것.

- 휴일 : 휴일 외출은 무기한 연기.

- 언어 사용 : 언제나 조용한 목소리로 말할 것. 이것은 명령! 문명국의 언어는 모두 사용할 수 있음. 단, 독일어는 사용 금지.

- 공부 : 매주 1회 속기 강의가 있음. 영어·프랑스어·수학 및 역사 강의는 매일 있음.

- 애완용 동물 : 허가를 받아야 함. 빈대나 이는 사절.

- 식사 시간 : 아침 식사는 일요일과 휴일을 제외하고 오전 9시. 일요일과 휴일은 11시 30분.

- 점심 식사 : (가볍게) 오후 1시 15분부터 1시 45분까지.

- 저녁 식사 : 찬 것과 뜨거운 음식 두 가지가 나옴. 시간은 뉴스 방송 시간에 따름.
- 의무 : 거주자는 언제나 자진해서 사무실 일을 도울 것.
- 목욕 : 일요일 오전 9시부터 빨래통을 쓸 수 있음. 장소는 화장실·부엌·사장실 및 사무실 등을 마음대로 사용.
- 알콜 음료 : 의사의 허락이 필요함.

1942년 11월 19일 목요일

키티.

뒤셀 아저씨는 우리가 상상했던 대로 아주 좋은 사람이었습니다. 물론 아저씨는 내 작은 방을 같이 써도 좋다고 했습니다.

솔직히 말해서, 나는 다른 사람이 내 물건을 쓰는 것이 아주 싫습니다. 그렇지만 더 나은 일을 위해서 어느 정도의 희생은 각오해야 할 것입니다. 그래서 나도 그렇게 하기로 마음먹었답니다.

"한 사람을 구할 수 있다면 다른 것은 별로 중요하지 않다."

아빠가 하신 말씀인데, 정말 맞는 것 같습니다.

뒤셀 아저씨는 여기에 온 첫날부터 나에게 이것저것을 물어보셨습니다. 청소부는 몇 시에 오느냐, 욕실은 언제 쓸 수 있느냐, 화장실은 언제 사용해야 하느냐 등등.

　당신은 웃을지 모르지만 숨어 사는 사람들에게는 이런 것이 아
주 중요합니다.

　낮에는 아래층에 들릴 만한 소리를 내서는 안 되고, 특히 청소부
나 낯선 사람들이 와 있는 동안에는 더욱 조심해야 합니다.

　그런데 놀랍게도 듀셀 아저씨는 머리가 좋지 않은 것 같았습니
다. 두 번이나 설명을 해 드렸는데도 기억을 못 하는 거예요. 갑자
기 환경이 바뀌어서 그렇겠지요.

　그것 말고는 모든 일이 순조롭습니다. 듀셀 아저씨는 우리가 오
랫동안 궁금해했던 바깥세상 일을 많이 알려 주었습니다. 아주 슬

픈 소식들뿐이었습니다.

수많은 친구와 친척들이 끌려가서 비참하게 죽임을 당하고 있답니다. 매일 저녁 유대인을 가득 실은 녹색이나 회색 군용 트럭들이 시끄러운 소리를 내며 지나간답니다.

독일군은 집집마다 초인종을 눌러, 집 안에 유대인이 있는지 묻습니다. 만일 한 명이라도 있으면 그 자리에서 모두 잡아갑니다. 도망가지 않으면 그대로 잡혀가는 것입니다. 때로는 명단을 들고 다니면서 유대인이 많이 있을 만한 집을 골라 초인종을 누릅니다. 때로는 엄청나게 많은 돈을 받고 풀어 주기도 한답니다. 꼭 옛날에 행해졌던 노예 사냥 같습니다.

사방이 어둑해지면 나는 가끔씩 창밖으로 착하고 죄 없는 사람들이 어린아이들을 데리고 줄을 지어 걸어가는 모습을 본답니다. 그 옆에는 독일군이 따라가는데, 쓰러지려는 사람들을 때리고 짓밟습니다. 노인과 어린이는 물론이고 심지어는 임신한 여자나 환자까지도 이 죽음의 행진을 해야 합니다.

그러고 보면 여기 있는 우리는 얼마나 행복한가요. 비록 보잘것없지만 보금자리가 있고, 따뜻하게 보살펴 주는 사람들이 있어서 두려워하지 않고 살아갈 수 있습니다. 우리가 어떻게 도와줄 길이 없는 바깥 사람들에 대한 걱정만 아니라면 그런 불행에 대해서는 생각할 필요가 없으니까요.

　아, 이렇게 추운 밤에도 내 사랑하는 친구들은 어디에선가 얻어 맞고 쓰러져 하수구에 내동댕이쳐지고 있겠지요. 너무나 마음이 아픕니다.

　그런데 나는 따뜻한 침대에서 자고 있다는 생각을 하면 그 아이들에게 너무 미안합니다. 친구들이 이 세상에서 가장 잔인한 짐승들의 손에 넘어갔다고 생각하면 몸서리가 쳐집니다. 단지 유대인이라는 이유만으로……

우울한 소식들

1942년 11월 20일 금요일

키티.

우리 모두는 이 사실을 어떻게 받아들여야 할지 모르고 있습니다. 지금까진 유대인의 비참한 상태에 대해 자세하게 듣지 못했습니다. 그래서 우리는 가능한 한 밝게 지내려고 노력했습니다.

예전에는 미프 아주머니가 친구들에게 일어난 일을 이야기해 주었는데, 그때마다 엄마와 판 단 아주머니가 우는 바람에 요즈음은 잘 들려주지 않습니다.

듀셀 아저씨는 여기에 오자마자 사람들에게 많은 질문을 받게 되었습니다. 그런데 아저씨가 들려준 이야기는 너무나도 무섭고 끔찍해서 좀처럼 잊혀지지 않습니다.

그러나 우리는 또다시 농담도 하고 장난도 칠 겁니다. 그러다 보면 두려움이 조금씩 사라질 거예요. 우리가 우울해한다고 해서 밖에 있는 사람들을 구할 수도 없고, 또 우리 '은신처'를 '우울한 은신처'로 만들 필요도 없으니까요.

우리는 무슨 일을 하든 바깥 사람들의 일을 생각해야만 하나요? 웃고 싶은 기분이 드는 것을 부끄러워해야만 하는 걸까요? 하루 종일 울어야 하나요? 아니, 그렇게 할 수는 없습니다. 그리고 이런 비참함도 언젠가는 사라질 겁니다.

또 한 가지 우울한 일이 있습니다. 이것은 순전히 내 개인적인 일이라서 금방 한 이야기에 비하면 아무것도 아니지만요.

요즈음 나는 아주 외롭습니다. 지금까지 이런 기분이 든 적은 한 번도 없었습니다. 언제나 재미있는 일과 즐거운 일, 친구들을 떠올리면 가슴속이 가득 찼습니다. 그런데 지금은 불행한 일 아니면 나 자신의 일 외에는 생각할 수가 없습니다.

난 지금도 아빠를 사랑하지만, 아빠가 나만의 작은 세계를 대신할 수 없다는 것도 깨닫게 되었습니다. 그런데 내가 왜 이런 바보 같은 문제로 당신을 괴롭히는 걸까요?

내가 너무 어린아이 같죠? 나도 잘 알고 있답니다. 그렇지만 심하게 꾸중을 듣고 나면 내 머리가 빙빙 돌고, 그럴 때마다 난 모든 불행한 일들을 생각하게 된답니다.

1942년 11월 28일 토요일

키티.

전기를 너무 많이 써서, 앞으로 절약하지 않으면 전기가 끊어질 지도 모른답니다. 두 주일이나 전등 없이 생활할 것을 생각하니까 조금 재미있기는 하지만, 그건 두고 봐야 알겠죠.

오후 4시 반쯤 되면 어두워져서 책을 읽을 수가 없습니다. 그래서 우리는 어둠 속에서 수수께끼를 풀거나 체조를 하고, 영어나 프랑스어로 이야기도 하고 책에 대해 비평합니다. 하지만 무엇을 해도 금방 싫증이 납니다.

어제 저녁, 나는 시간을 보내는 새로운 방법을 발견했습니다. 잘 보이는 망원경으로 불이 켜진 뒷집들을 엿보는 거예요. 낮에는 커튼을 젖힐 수 없지만 어두워진 후에는 걱정이 없습니다. 나는 우리의 이웃 사람들이 그렇게 재미있는 관찰 대상이 될 줄은 몰랐습니다.

어떤 집에서는 부부가 식사를 하고 있고, 어떤 집에서는 가정 영화를 찍고 있었습니다. 건너편의 치과 의사가 어떤 부인을 치료하는데, 그 부인은 몹시 겁을 먹고 있었답니다.

듀셀 아저씨는 지금까지 우리들과 잘 어울려서 어린아이를 좋아하는 사람이라고 생각했습니다. 그런데 요즈음 그의 본성이 드러나는 듯합니다. 아저씨는 예의 범절에 대해서 지루하게 잔소리를 늘어놓는 구식 사람이었어요.

나는 행복하게도(?) 그런 아저씨와 함께 좁은 침실을 쓰고 있습니다. 아저씨는 세 아이 가운데 내가 제일 버릇이 없다고 생각해서, 똑같은 소리를 자꾸 되풀이한답니다.

정말 죽을 지경이에요. 그런데 듣기 싫은 잔소리를 나한테만 하는 것은 조금 나은 편입니다. 아저씨는 비겁하게도 꼭 엄마한테 고자질을 한다니까요.

듀셀 아저씨한테 잔소리를 잔뜩 들었는데, 또다시 엄마한테 똑같은 일로 잔소리를 들으면 기분이 엉망진창이 됩니다. 그러고 나서 정말 운이 좋으면(?) 판 단 아주머니한테 무슨 일이냐는 질문을 받게 된답니다. 내가 이야기를 해 주면 이번에야말로 진짜 폭풍에 휩쓸려 들어가게 되는 거죠.

까다로운 '은신처' 생활에서 버릇없는 아이로 불리며 눈총을 받고 사는 것은 결코 즐거운 일이 아닙니다.

침대에 누워 자신의 잘못이나 결점에 대해 생각하면 머리가 어지러워, 그때 기분에 따라 울거나 웃어 버린답니다.

1942년 12월 22일 화요일

키티, 방금 '은신처'에 기쁜 소식이 전해졌습니다. 크리스마스를 맞아 한 사람 앞에 4분의 1파운드씩 버터를 특별 배급받게 되었답니다. 신문에는 반 파운드라고 나와 있지만, 그것은 정부로부터 배급표를 받은 행복한 사람들의 이야기입니다. 우리는 암표를 네 장밖에 구할 수 없어서, 한 사람 앞에 4분의 1파운드가 되는 것이지요. 모두들 버터로 맛있는 것을 만들 계획을 짜고 있습니다.

판 단 아줌마는 갈비뼈를 다쳐서 하루 종일 끙끙거리며 누워 있습니다. 계속 붕대를 갈아 주고 심부름을 해 주어도 투덜거리기만 합니다. 아줌마가 빨리 나아 자신의 일은 스스로 할 수 있었으면 좋겠습니다. 이것은 진심으로 하는 말입니다. 아줌마는 건강할 때는 상당히 부지런하고 깔끔한 사람입니다. 또 명랑하기도 합니다.

나와 침실을 함께 쓰는 신사는 낮에 내가 조금만 움직여도 '쉬, 쉬!' 하는 소리를 낸답니다. 요즈음은 그것도 모자라는지 어두운 밤에도 '쉬, 쉬!' 소리를 합니다. 아저씨 말대로 하자면 난 돌아누울 수도 없을 거예요. 다음부터는 내가 먼저 '쉬, 쉬!' 하고 말해 줄까 봐요.

나를 화나게 하는 일은 또 있습니다. 아저씨는 매일 아침, 특히 일요일에는 아침 일찍부터 체조를 하려고 불을 켜는 거예요. 몇 시간 동안이나 체조를 하는 것처럼 느껴져 짜증이 나서 견딜 수가 없어요. 노인들 이야기는 이것으로 그만두겠습니다.

이야기를 한다고 더 좋아지는 것도 없을 테니까요. 사실 복수할 계획(불을 끈다거나, 문을 잠가 버리거나, 옷을 감추어 버리는 등)도 세워 보았지만 평화를 유지하기 위해서 포기했습니다.

아, 나도 이제는 조금씩 현명해지나 봅니다. 여기서는 복종하고, 입을 다물고, 일을 돕고, 고집도 피우지 않고, 그리고…… 또 뭐가 있었는데 생각이 나지 않아요.

나는 너무 급히 머리를 많이 쓰고 더 배우지를 않아서 전쟁이 끝날 때쯤에는 머릿속이 텅 비어 버리지 않을까 걱정이 됩니다.

1943년 1월 13일 수요일

키티.

오늘 아침에는 또다시 모든 것이 뒤범벅이 되어서 무엇 하나 제대로 끝낼 수가 없습니다. 바깥은 아직도 비참합니다. 낮이고 밤이고 가엾은 유대인들이 끌려가고 있습니다. 그들은 배낭 하나와 약간의 돈만을 가졌을 뿐인데, 그것마저 끌려가는 도중에 빼앗기고 맙니다. 남자, 여자, 아이들을 따로 떼어 놓아 가족들은 뿔뿔이 흩어집니다. 아이들이 학교에서 돌아와 보면 부모님은 간 곳이 없습니다. 여자들이 시장에 갔다 온 사이 현관에는 못질이 되어 있고 가족들은 보이지 않습니다.

유대인이 아닌 네덜란드 사람들도 두려워하고 있습니다. 아이들이 독일군으로 끌려가니까요.

매일 밤 수백 대의 비행기가 폭탄을 싣고 네덜란드 하늘을 지납니다. 독일의 도시들은 폭탄 때문에 땅이 온통 구멍투성이라고 합니다. 매시간 러시아와 아프리카에서는 수없이 많은 사람들이 죽어 가고 있습니다. 매일 전 세계가 전쟁을 벌이고 있습니다. 연합군에 유리하다고는 하지만, 언제 이 전쟁이 끝날지는 아무도 모른답니다.

그리고 보면 우리는 운이 좋은 편입니다. 여기는 조용하고 안전합니다. 어떻게 보면 우리는 돈으로 살고 있는 것 같아요.

전쟁이 끝난 후에 다른 사람들을 돕고, 또 파괴된 것을 복구하려면 한 푼이라도 절약해야 한다고 생각합니다. 그러면서도 전쟁이 끝나면 새 옷과 구두를 사려는 생각으로 즐거워할 만큼 이기적이기도 하답니다.

이 근처의 아이들은 얇은 블라우스와 나막신을 신고 다닙니다.

코트도 모자도 양말도 없고, 보살펴 주는 사람도 없습니다. 배고 픔을 참기 위해 말라비틀어진 홍당무를 씹고 있습니다. 추운 집에 서 나와 추운 거리를 지나 학교에 가면, 더욱 추운 교실이 기다리 고 있습니다.

갈수록 생활이 어려워져서, 수많은 아이들이 지나가는 사람에 게 매달려 빵 한 개만 달라고 사정합니다.

전쟁이 가져다 준 고통에 대해서라면 몇 시간이라도 말할 수 있 지만, 그것은 나를 더욱 비참하게 만들 뿐입니다.

이런 고통이 끝날 때까지 기다리고 있을 수밖에 없습니다. 유대 인도, 기독교인도 전 세계가 하루 빨리 전쟁이 끝나기를 기다리고 있습니다. 그리고 죽음을 기다리는 사람들도 많습니다.

1943년 1월 30일 토요일

키티.

나는 지금 너무 약이 올라 속이 부글부글 끓고 있습니다. 하지만 그것을 얼굴에 나타내서는 안 됩니다. 엄마는 나에게 매일 심한 말을 퍼붓고 또 바보 취급을 합니다.

나는 정말 견딜 수가 없습니다. 고래고래 소리치며 엄마한테 대 들고 싶습니다.

    나는 언니와 판 단 아저씨, 듀셀 아저씨, 또 아빠한테까지 이렇
게 소리치고 싶답니다.

    "제발 날 내버려 두세요. 하룻밤이라도 눈물이 베개를 적시지
않고, 머리가 아프지 않고, 눈이 붓도록 울지 않고 자게 해 주세
요. 제발 그런 일은 모두 잊어버리게 해 주세요."

    하지만 그건 불가능합니다. 내 절망적인 기분을 알게 해서는 안
됩니다. 그 사람들이 나에게 준 상처를 보여 줄 수 없습니다. 나는
그들의 동정이나 농담을 참을 수 없는 것입니다. 그런 것들은 나

를 더욱 화나게 하고, 악을 쓰고 싶은 충동만을 줄 뿐입니다. 그렇게 되면 더더욱 소리치고 싶어집니다. 내가 말을 하면 모두들 내가 잘난 척한다고 하고, 가만히 있으면 우스꽝스럽다고 합니다. 말대답을 하면 건방지다고 하고, 좋은 생각이 떠올라 이야기하면 교활하다고 합니다. 피곤해서 쉬고 있으면 게으르다 하고, 음식을 조금 많이 먹으면 욕심쟁이, 그 밖에도 멍청이, 겁쟁이 등등…….

도무지 끝이 없습니다. 그리고 내가 하루 종일 듣는 것은 '참을성 없는 갓난아이'라는 말뿐이에요. 그런 말을 들으면 겉으로는 웃어넘기지만 사실은 굉장히 속이 상합니다. 그래서 나는 하느님께 남의 비위를 거스르지 않도록 다른 성격을 내려 주십사 하고 빌기도 했지만, 그것은 불가능한 모양입니다. 그리고 중요한 건 내가 지금 가지고 있는 성격도 그렇게 나쁘진 않다는 사실입니다.

나는 사람들이 상상하는 것보다 더 많이 사람들을 기쁘게 해 주려고 노력하고 있습니다. 모든 것을 웃어넘기려는 것은, 사람들에게 나의 고민을 보이고 싶지 않기 때문입니다. 억울하게 꾸중을 듣고 엄마한테 이렇게 대든 적도 있습니다.

"뭐라고 해도 난 아무렇지도 않아요. 그러니 제발 좀 가만 내버려 두세요. 난 내 마음대로 할 테니까요."

그러면 엄마는 버릇이 없다며 이틀 정도 나를 본 체도 하지 않는답니다. 그렇지만 금방 잊어버리고 다른 사람들과 마찬가지로 대해 주십니다. 하지만 나는 하루는 아주 얌전하다가, 다음 날에는 나쁜 아이가 되는 그런 짓은 도저히 용납할 수 없습니다. 그래서 중간이 되려고 합니다. 그리고 가능하다면 한 번만, 사람들이 나를 무시하는 것처럼 나도 그들을 무시해 주고 싶습니다.

아, 그렇게 할 수 있다면 얼마나 좋을까요?

1943년 2월 5일 금요일

키티.

오랫동안 우리의 말다툼에 대해서 이야기하지 않았지만, 지금도 여전합니다. 듀셀 아저씨는 처음에는 무척 놀라시는 것 같더니 요즈음엔 익숙해져 모른 척하십니다.

언니와 페터는 이제 '아이들'이 아닙니다. 둘 다 의젓하고 점잖아서 나는 늘 그들과 비교됩니다.

"넌 언니와 페터가 어떻게 하는지 보이지도 않아? 왜 넌 그렇게 하지 못하니?"

그들을 닮다니, 그것은 죽어도 싫습니다. 나는 눈곱만큼도 언니처럼 되고 싶지 않아요. 언니는 너무 얌전하고 수동적이어서, 누가 무슨 소리를 해도 아무 대꾸도 하지 않습니다. 그저 남이 하라는 대로 할 뿐입니다.

나는 더 강한 성격을 갖고 싶습니다. 하지만 이런 생각은 내 가슴속에만 넣어 두고 있습니다. 내가 그렇게 말하면 나 자신을 변명한다고 비웃기만 할 테니까요.

1943년 2월 27일 토요일

키티.

아빠는 머지않아 연합군의 상륙 작전이 있을 것이라고 기대하고 있습니다. 처칠은 폐렴에 걸렸지만 천천히 회복되고 있답니다. 자유를 사랑하는 인도의 간디는 벌써 몇십 번째가 되는 단식을 시작한다고 합니다.

판 단 아주머니는 스스로를 운명론자라고 주장합니다. 그러면서도 총성이 들릴 때마다 제일 겁을 내는 사람이랍니다.

헹크 아저씨가 가톨릭 신자들에게 보내는 주교님의 편지 사본을 가지고 왔어요. 아주 멋진 격려 편지였습니다.

'네덜란드 국민이여, 쉬지 맙시다. 모두 무기를 들고, 국가와 국민과 종교의 자유를 위해 싸우고 있습니다.'

'서로 돕고, 자비를 베풀고, 그리고 실망하지 맙시다.'

이것은 교회에서 항상 부르짖는 말입니다. 그런데 이런 말이 도움이 될까요? 적어도 우리 유대교 신자들에게는 도움이 되지 않습니다.

1943년 3월 27일 토요일

키티.

우리는 속기 수업을 끝내고, 이제는 속도를 올리기 위한 연습을 해야 합니다. 우리가 똑똑해진 것 같지 않나요?

그 밖의 내 소일거리(내가 그렇게 말한 것은 하루하루를 가능한 한 빨리 보내서, 이곳에서의 생활이 조금 더 빨리 끝나기를 바라기 때문입니다.)에 대해 이야기하겠습니다.

나는 지금 『그리스 로마 신화』에 빠져 있습니다. 여기 사람들은, 이것을 단순히 일시적인 흥밋거리라고 이야기합니다. 내 또래의 아이들이 신화에 흥미를 갖는다는 말을 들어 본 적이 없다는 거예요. 그렇다면 내가 첫 번째 인물일 테니 잘된 일이죠.

독일군 지도자가 다음과 같은 연설을 했습니다.

"모든 유대인들은 7월 1일까지 독일의 모든 점령 지역에서 추방된다. 4월 1일부터 5월 1일까지는 유트레히트주부터 청소한다(유대인을 마치 바퀴벌레나 되는 듯이 말하고 있습니다.). 5월 1일부터 6월 1일까지는 네덜란드 북부와 남부 지역을 청소할 것이다."

이 불쌍한 사람들은 병들고 버려진 짐승처럼 무서운 도살장으로 끌려갑니다. 이런 이야기는 더 이상 하지 않겠습니다. 생각만 해도 악몽 같습니다.

한 가지 통쾌한 소식이 있습니다. 독일의 직업 알선소가 저항 운동가들에 의해 불탔습니다. 며칠 후에는 등기소도 똑같이 변했습니다. 그들은 독일 경찰 제복을 입고 들어가 중요한 서류들을 모두 태워 버렸답니다.

1943년 4월 1일 목요일

키티.

나는 지금 만우절 농담을 하는 것이 아닙니다.

'불행은 혼자서 오지 않는다.'는 속담이 오늘처럼 가슴에 와 닿은 적은 한 번도 없었습니다.

언제나 우리에게 용기를 불어넣어 주던 코프하이스 씨가 위궤양으로 3주 정도는 누워 있어야 합니다.

그리고 엘리는 독감에 걸렸고, 포센 씨도 병이 나서 다음 주에 입원하게 되었답니다.

나날이 심해지는 공습

1943년 4월 27일 화요일

키티,

'은신처'가 무척 시끄러웠습니다. 엄마와 나, 판 단 아저씨와 아빠, 엄마와 판 단 아주머니 모두가 서로에 대해 화를 내고 있습니다. 정말 굉장한 일이죠?

칼튼 호텔이 산산조각 났습니다. 폭탄을 가득 실은 영국 비행기 두 대가 독일군 장교 클럽이 있는 호텔 위에다 폭탄을 쏟아 부어 버렸기 때문입니다.

독일 도시에 대한 공습은 나날이 심해지고 있습니다. 하루도 조용한 날이 없습니다. 그 덕분에 나는 잠이 부족해서 눈 아래가 까

매졌습니다.

　음식도 아주 형편없습니다. 아침 식사는 말라비틀어진 빵과 커피뿐이고, 저녁 식사로는 두 주일 내내 시금치와 상추만 나왔습니다. '누구든지 살을 빼고 싶은 사람은 우리가 사는 '은신처'로 오라.' 하고 싶어요.

1943년 5월 2일 일요일
　키티.

　피신하지 못한 유대인들과 비교하면, 우리는 낙원에서 지내는 것처럼 생각됩니다. 하지만 전쟁이 끝나고 다시 옛날 생활로 돌아간다면, 우리가 어떻게 그처럼 살았을까 놀랄 것입니다.

　이곳에는 테이블 덮개가 한 장뿐이라 너무 더러워져 있습니다. 아무리 열심히 닦아도 깨끗해지지 않습니다.

　판 단 아저씨네는 겨울 내내 똑같은 담요를 덮고 잡니다. 하지만 빨래할 생각은 못 합니다. 배급받은 비누도 부족하고, 또 잘 빨아지지도 않거든요.

　아빠는 낡은 바지를 입고 다니시고 넥타이도 눈에 띌 정도로 낡았습니다. 엄마와 언니는 겨울 내내 속옷 세 벌을 번갈아 가며 입는답니다. 내 것은 너무 작아져서 허리까지도 오지 않습니다.

그저께 밤에는 밤새도록 총성이 그치지 않아, 네 번이나 짐을 꾸렸습니다. 어제는 정말 도망가기 위해 나한테 가장 소중한 것들을 가방에 담았습니다. 그랬더니 엄마가 물으시더군요.

"어디로 피난을 가겠니?"

그 말씀이 정말 맞아요. 네덜란드는 지금 파업으로 온 나라가 난리랍니다. 계엄이 선포되었고, 버터 배급권도 줄었습니다. 정말 못된 독일놈들이에요.

1943년 5월 18일 화요일

키티.

나는 영국 비행기와 독일 비행기가 무섭게 싸우는 것을 보았습니다. 불행하게도 영국 비행기에 불이 붙어, 비행사 몇 명이 낙하산을 타고 뛰어내렸습니다.

그런데 우유 배달부가 길가에 앉아 있는 캐나다 군인 네 명을 보았답니다. 그중 한 명이 네덜란드 말을 할 줄 알아서, 우유 배달부에게 담뱃불을 빌려 달라고 하더랍니다. 비행기에는 원래 여섯 명이 탔었는데, 조종사는 불타 죽고 나머지 한 명은 어디론가 숨었다고 했답니다.

그런데 독일 경찰이 와서 네 사람을 연행해 갔답니다.

날씨는 많이 따뜻해졌지만 채소 껍질과 쓰레기를 태우기 위해 이틀에 한 번씩 불을 피워야 합니다. 창고 사람들 때문에 쓰레기 통에 쓰레기를 버려서는 안 됩니다. 잘못하면 금방 들통이 날 테 니까요.

어제 저녁에는 대포 소리가 너무 심하게 들려 엄마가 창문을 닫 았습니다. 나는 아빠의 침대로 달려갔습니다. 갑자기 판 단 아주 머니가 생쥐한테 물리기라도 한 듯이 침대에서 뛰어내리는 소리 가 들렸습니다. 곧이어 '꽝!' 소리가 났습니다. 나는 내 침대 옆에 폭탄이 떨어진 줄 알았습니다.

"어서 불을 켜요, 아빠!"

내가 소리치자, 아빠가 전등 스위치를 올렸습니다.

나는 금방 방 안에 불이 날 것이라고 생각했지만, 아무 일도 일 어나지 않았습니다.

1943년 6월 13일 일요일

키티.

아빠가 내 생일 선물로 지어 주신 시가 너무 좋아서 자랑하지 않 고는 배길 수가 없습니다. 아빠는 가끔씩 독일어로 시를 쓰는데, 언니가 번역을 해 주었습니다.

아빠의 시는 지난 일 년간의 일을 되돌아보고 나서 다음과 같이
이어졌습니다.

여기서 넌 제일 어리지만 더 이상 어린아이가 아니다.

인생이란 냉엄한 것, 주변 어른들의 잔소리에 귀가 따가울 것이다.

"우리는 경험을 했으니까 우리에게 배워라."

"우리는 옛날부터 해 오던 일이어서 잘 알고 있단다."

"나이 든 사람들은 너보다 현명하니 명심하여라."

그런 조언들은 세상이 시작된 이후 계속되어 온 진리란다.

내 잘못은 조그맣게 보이는 법, 남의 허물은 비판하기 쉽고, 더욱 크
게 보이지.

제발 부모의 말을 참고 견뎌라.

우리는 너를 공정하게 판단하고 동정할 테니, 결점을 지적받으면 쓴
약을 삼키는 것 같아도 참아 주렴.

평화롭게 지내려면 그렇게 해야 한다.

시간이 지나면 이런 고통도 끝이 나겠지.

너는 하루 종일 책을 읽거나 공부를 한다.

누가 과연 이런 생활을 해 왔겠니? 그래도 너는 지치지 않고 우리에
게 신선한 바람을 몰고 온다.

네 불평은 단지 이런 것들이다.

"난 속옷이 없어요. 옷들이 모두 작아요. 신발을 신으려면 발가락을 잘라야 할 지경이에요. 아, 난 너무너무 슬퍼요!"

그 밖에도 음식에 관한 이야기가 조금 있는데, 언니가 번역을 못해서 뺐습니다.

멋진 선물이죠? 다른 사람들한테도 축하를 받고, 선물도 받았습니다. 그중에는 내가 좋아하는 아주 두꺼운 『그리스 로마 신화』 책도 있었습니다. 난 사탕이 없다고 불평할 수가 없답니다. 모두 아끼던 것들을 주었거든요.

'은신처'의 막내로서 난 너무 후한 대접을 받았습니다.

1943년 6월 15일 화요일

키티.

많은 일들이 있었습니다. 그런데 나는 가끔 당신이 재미있지도 않은 나의 넋두리에 따분해져, 이젠 나의 일기를 반가워하지 않을 것이라고 생각할 때가 있습니다.

그래서 간단한 소식만 전하겠습니다.

포센 씨는 복부 수술을 받다가 중간에 그만두었습니다. 배를 열어 보니, 뜻밖에도 암세포가 너무 많이 번져 있어 어떻게 할 수 없었답니다. 의사 선생님은 그대로 배를 꿰매고, 3주 동안 맛있는 음식을 실컷 먹게 한 뒤에 퇴원시켰답니다.

포센 씨가 너무 불쌍합니다. 우리가 병문안을 갈 수 있다면 얼마나 좋을까요. 지금까지는 친절한 포센 씨가 세상 돌아가는 이야기며 창고 이야기를 들려주었는데, 앞으로는 누가 그런 이야기를 우리에게 해 줄까요.

포센 씨는 우리에게 큰 힘이 되어 주셨습니다. 모두 포센 씨의 일을 안타깝게 생각하고 있습니다.

1943년 7월 11일 일요일

키티.

아이들의 '예의 범절'에 관한 이야기를 하겠습니다. 나는 나에 대한 비난이 조금이라도 줄어들도록 누구에게나 상냥하고 친절하게 굴고, 내가 할 수 있는 일이라면 무엇이든지 하기 위해 노력하고 있습니다.

하지만 내가 존경할 수 없는 사람들에게 이런 모범적인 행동을 하는 것은 무척 어렵습니다. 물론 나도 내 생각을 있는 그대로 이야기하지 않고(아무도 내 의견을 듣는 사람도 없고, 내 의견을 문제삼지도 않습니다만), 대신 약간 멍청한 것처럼 행동하면 남들과 잘 지낼 수 있다는 것은 압니다.

하지만 내가 이것을 잊어버리고 화를 터뜨리면, 세상에서 나처럼 건방지고 못된 아이는 없다는 식으로 잔소리가 되풀이됩니다.

당신도 내가 불평을 털어놓는 것이 잘못된 것이라고 생각하나요? 내가 끊임없이 투덜거리는 아이가 아니라서 다행입니다. 그런 아이였다면 난 아마 심술꾸러기에다 징징거리는 떼쟁이가 되었을 거예요.

속기 연습은 잠시 동안 하지 않기로 했습니다. 다른 공부도 해야 하고, 또 눈이 나빠졌기 때문입니다.

옛날 같으면 벌써 안경을 썼겠지만, '은신처'에서는 불가능한 일입니다.

어제는 모두 내 눈에 대해 이야기했습니다. 엄마가 코프하이스 씨에게 나를 안과에 데리고 가면 어떻겠느냐고 말했기 때문입니다. 그 말을 듣는 순간 나는 온몸이 부르르 떨렸습니다. 그것은 정말 엄청난 일이거든요.

밖으로 나가 거리를 걸어 다닐 수 있다니! 생각만 해도 가슴이 뛰었습니다. 처음에는 깜짝 놀라 온몸이 굳어졌지만, 금세 그 일이 기다려졌습니다.

하지만 이 문제는 쉽게 넘어갈 것 같지 않습니다. 사람들이 그런 모험에 선뜻 찬성할 거라고 생각되지 않거든요.

사람들이 이야기하고 있는 동안, 나는 벽장에서 회색 코트를 꺼내 입어 보았습니다. 너무 작아서 동생 옷을 입은 것 같았습니다.

나는 어떻게 결론이 날지, 가슴 두근거리며 기다리고 있습니다. 하지만 실현되지는 않을 것 같아요. 왜냐하면 영국군이 시칠리아 섬에 상륙했다는 소식을 듣고, 아빠는 전쟁이 끝날 수도 있으리라는 희망을 갖게 되었거든요.

엘리가 나와 언니한테 이것저것 사무실 일을 맡겼습니다. 우리는 왠지 기분이 으쓱해졌고, 엘리도 기뻐했습니다.

미프 아주머니는 짐마차를 끄는 당나귀처럼 아주 바쁘게 돌아다닌답니다. 거의 매일 채소나 다른 것들을 사서 자루에 담아 자전거로 실어 옵니다. 토요일에는 책도 가지고 오기 때문에 모두 그 날을 손꼽아 기다린답니다. 마치 선물을 받는 어린아이와 같은 기분이에요.

보통 사람들은 우리에게 책이 얼마나 큰 위안이 되는지 알지 못할 것입니다. 독서와 공부, 또 라디오를 듣는 것이 우리의 유일한 기쁨입니다.

1943년 7월 19일 월요일

키티,

일요일인 어제, 북암스테르담에 대공습이 있었답니다. 상상할 수 없을 정도로 큰 피해를 입었다고 해요.

거리가 온통 쑥밭이 되어 잔해 더미에 깔린 사람들을 끄집어내려면 시간이 많이 걸릴 거랍니다. 지금까지 죽은 사람은 2백 명쯤 되고, 다친 사람은 헤아릴 수도 없답니다. 당신도 연기가 피어오르는 폐허 속에서, 집을 잃고 부모님을 찾아 헤매는 아이들을 쉽게 상상할 수 있을 것입니다.

멀리서 희미하게 들려오던 폭음 소리를 생각할 때마다 온몸의 털이 쭈뼛쭈뼛 섭니다. 우리의 종말이 가까이 왔다는 것을 말하는 것이니까요.

1943년 7월 23일 금요일

키티,

우리가 다시 밖으로 나갈 수 있게 되었을 때, 제일 먼저 무엇을 하고 싶은지 궁금하지 않으세요?

오늘은 그 이야기를 하겠습니다.

언니와 판 단 아저씨는 뜨거운 물이 가득 찬 욕조에서 30분쯤

몸을 푹 담그고 싶답니다. 판 단 아주머니는 크림 과자를 먹고 싶다고 하시고, 뒤셀 아저씨는 부인을 만날 일만 생각합니다. 엄마는 커피 한 잔을 마셨으면 좋겠다 하시고, 아빠는 포센 씨 병문안을 가시겠답니다. 페터는 시내에 가서 영화를 보고 싶어 해요. 나는 무엇부터 해야 할지 잘 모르겠습니다. 무엇보다 우리 집으로 가서 마음껏 뛰어놀고, 학교도 가야겠지요.

1943년 7월 26일 월요일
키티,

어제는 정말 엄청난 소동이 벌어졌습니다. 모두들 아직까지도 흥분을 가라앉히지 못하고 있습니다. '하루도 조용하게 지나가는 날이 없군요.'라고 당신이 말할지 모르겠군요.

첫 번째 경계 경보는 우리가 아침 식사를 할 때 울렸습니다. 모두 조금도 신경 쓰지 않았습니다. 그것은 비행기들이 이 해안을 지나간다는 소리나 마찬가지였거든요.

아침 식사 후, 나는 머리가 아파서 한 시간 정도 누워 있다가 2시쯤 아래층으로 내려갔습니다. 언니는 2시 30분에 사무실 일을 끝냈지만, 사무용품을 치우기도 전에 공습 사이렌이 울렸습니다.

우리는 서둘러 3층으로 올라갔습니다. 우리가 올라가고 5분도 되지 않아 폭격이 시작되었으니, 시간은 잘 맞춘 셈이지요. 너무 무서워서 우리는 복도로 도망쳤습니다.

집이 금방이라도 무너질 듯 흔들리고, 폭탄이 요란하게 터지기 시작했습니다.

나는 내 '피난 보따리'를 꼭 끌어안았습니다.

도망가겠다는 생각보다는 무엇에라도 매달리고 싶었답니다. 그리고 더 이상 갈 데도 없는걸요.

어쩔 수 없이 이곳에서 도망쳐야 할 상황이 벌어진다고 해도 위험하기는 어디나 마찬가지일 것입니다.

30분쯤 후에 공습이 그치자, 이번에는 밖이 아니라 집 안이 수선스러워졌습니다. 페터는 지붕 밑 망을 보는 곳에서 내려왔고, 듀셀 아저씨는 큰 사무실로, 판 단 아주머니는 전용 사무실이 더 안전할 거라며 그쪽으로 가셨습니다.

판 단 아저씨는 지붕 밑에서 계속 망을 보았습니다.

좁은 층계참에서 언니와 함께 있던 나는, 판 단 아저씨가 항구 쪽에서 검은 연기가 솟아오른다고 해서 그 위로 올라갔습니다. 곧이어 타는 냄새가 났고, 밖은 짙은 안개가 낀 것처럼 앞이 보이지 않았습니다.

보기에도 무시무시한 큰불이었습니다.

그렇지만 다행히 우리에겐 아무 일도 일어나지 않아서, 모두 각자 하던 일로 되돌아갔습니다.

저녁 식사를 하고 있는데, 또다시 공습 경보가 울렸습니다. 사이렌 소리가 들리자 배고픈 것도 잊어버렸습니다. 그러나 45분 후에 다행히 아무 일 없이 경보가 해제되었습니다. 하루 종일 설거지를 하지 않아 접시가 산더미처럼 쌓여 있었습니다.

공습 경보, 대포 소리, 폭격기들…….

"세상에, 하루 두 번은 너무 심하잖아!"

우리는 이렇게 투덜거렸지만 어쩔 수 없는 일이었습니다. 영국 방송에 의하면, 이번에는 스키폴 공항에 폭탄이 투하되었답니다.

비행기가 급강하했다가 올라가면 요란한 소리가 나는데, 그것은 너무나도 소름이 끼칩니다.

그럴 때마다 나는 생각합니다.

'지금 비행기 한 대가 떨어지고 있다. 우리 머리 위로 떨어진다.'

9시에 침대에 누웠지만, 그때까지도 다리가 후들후들 떨렸습니다. 12시쯤 비행기 소리에 놀라서 잠이 깼습니다. 뒤셀 아저씨가 옷을 벗고 있었지만 눈에 들어오지도 않았습니다.

총소리가 나자 나는 침대에서 뛰어 내려와 아빠한테 갔습니다. 폭격은 두 시간 정도 계속되었습니다.

1940년 5월 10일. 네덜란드에 독일군 낙하산 부대가 투하되고 있는 모습입니다.

　폭격이 멎고 내 침대로 돌아와 다시 잠이 든 것은 2시 30분쯤이었습니다. 아침 7시에 나는 깜짝 놀라 침대에서 벌떡 일어났습니다. 판 단 아저씨가 하는 말이 들렸습니다.

　처음에는 도둑이 든 줄 알았습니다. 하지만 그게 아니었어요. 그리고 이번에는 좋은 소식이었답니다. 몇 달 동안, 아니 전쟁이 시작된 이후 들어 본 적이 없는 멋진 소식이었답니다.

　무솔리니가 물러나고 이탈리아 왕이 정권을 잡았다는 소식이었습니다. 모두 펄쩍펄쩍 뛰며 기뻐했답니다. 어제는 악몽 같은 하루였는데, 오늘은 다시 기쁨과 희망이 찾아온 것입니다.

크라렐 씨가 와서 독일의 포커 전투기가 심하게 파괴당했다는 소식을 전해 주었습니다. 오늘도 머리 위로 비행기 소리가 들리면서 공습 경보가 울렸습니다.

사이렌 소리라면 정말 지겹습니다. 그렇지만 이제는 예전처럼 크게 걱정이 되지는 않아요. 이탈리아 소식이 희망을 가져다 주었기 때문입니다.

은신처의 하루

1943년 8월 4일 수요일

키티.

'은신처'에서 생활한 지도 벌써 일 년이 넘었습니다.

이제 당신도 우리가 어떻게 살아가는지 알고 있을 거예요. 하지만 그중에는 설명하기 어려운 것도 많고, 자세히 이야기하고 싶은 것도 산더미처럼 많습니다. 전쟁 전과 비교하면 모든 것이 달라졌으니까요. 그래서 우리의 생활을 당신에게 모두 알려 주기 위해 이따금씩 하루의 일을 설명하려고 합니다.

오늘은 밤의 모습부터 이야기하겠습니다.

저녁 9시 : 침대에 누울 준비를 합니다. 이때는 언제나 소란스럽습니다. 먼저 의자를 구석에 밀어 놓고, 반으로 접어 벽에 기대 놓았던 침대를 폅니다. 그 위에 담요를 깔면 낮과는 딴판이 되지요.

나는 조그맣고 긴 의자에서 잡니다. 길이가 1미터 반밖에 되지 않아 다른 의자를 더 갖다 붙여야 합니다.

깃털 이불과 홑이불, 담요, 베개 등은 낮에 듀셀 아저씨의 침대에 놓아두었다가 가져옵니다.

옆방에서 요란하게 삐걱거리는 소리가 나네요. 언니가 조립식 침대를 펴는 소리예요. 이어서 담요와 베개를 꺼내는 소리가 들립니다.

위층에서는 천둥 소리가 울립니다. 판 단 아주머니가 침대를 창가로 옮기는 소리랍니다. 그렇게 하면 조금이라도 맑은 공기를 마실 수 있다고 합니다.

페터가 세수를 하고 나오면 이번에는 내가 세면장으로 들어갑니다. 거기서 얼굴과 손을 깨끗하게 씻습니다. 아주 더울 때만 일어나는 일이지만, 물속에 벼룩이 떠 있기도 합니다. 그다음에는 이를 닦고, 머리를 말고, 손톱을 다듬습니다. 얼굴에 난 검은 솜털을 안 보이게 하기 위해 과산화수소수를 탈지면에 발라 살짝 두드립니다. 이 모든 것을 30분 안에 끝내야 합니다.

9시 30분 : 재빨리 가운을 입고 나오지만, 대개 세면장으로 다시 불려 갑니다. 모두들 세면대에 곡선을 그리며 떨어져 있는 내 머리카락을 좋아하지 않거든요.

10시 : 전등을 끕니다. 15분 정도 삐걱거리는 소리와 부러진 스프링 소리 등이 들리지만 곧 조용해집니다. 물론 위층 사람들이 침대에서 싸우지 않는다면 말입니다.

11시 30분 : 세면장 문이 삐걱거리고, 가느다란 광선이 방 안으로 스며듭니다. 구두 소리, 커다란 몸집보다 더 큰 코트를 입은 듀셀 아저씨가 크라렐 씨의 사무실에서 일을 끝내고 돌아옵니다. 10분 정도 신발 끄는 소리가 들리고, 종이 봉지(아저씨가 음식을 감추어 두었던) 펴는 소리, 그리고 잠자리를 준비하는 소리가 들립니다.

새벽 3시 : 나는 일어나서 침대 밑에 놓아 둔 요강에 소변을 봅니다. 혹시 샐지도 몰라서 그 밑에 고무 매트를 깔았습니다. 이것을 사용할 때는 언제나 숨을 죽여야 합니다. 산골짜기에서 시냇물이 요란하게 흘러가는 소리가 나거든요. 요강을 제자리에 놓고 흰 잠옷을 입은 나는 다시 침대로 들어갑니다. 언니는 내 잠옷만 보면 이렇게 말하곤 합니다.

"아휴, 저렇게 야한 옷을 입고 어떻게 잔담."

나를 놀리려는 것이지요.

그러고 나서 나는 15분쯤 눈을 뜨고 밖에서 들려오는 소리에 귀

를 기울입니다. 우선 아래층에 도둑이 들지 않았나 귀를 쫑긋 세
우고, 위층과 옆방, 또 같은 방에 있는 침대 소리에도 신경을 곤두
세웁니다. 그러면 누가 자고 누가 깨어 있는지 알 수 있습니다.

듀셀 아저씨가 잠들지 못해 내는 소리는 아주 괴롭답니다. 처음
에는 물 밖으로 나온 물고기가 숨을 쉬기 위해 입을 뻐끔거리는 듯
한 소리가 납니다. 그다음에는 쩝쩝대며 입맛을 다시고, 한참 동
안 돌아눕거나 베개를 고쳐 베는 소리가 이어집니다.

5분 정도 조용하다 싶으면 또다시 같은 소리가 들려옵니다.

아저씨는 이 소리를 적어도 세 번 정도 되풀이하다가 잠이 든답니다.

가끔 새벽 1시에서 4시 사이에 총소리가 나기도 합니다. 나는 습관처럼 일어나 침대 옆에 섭니다. 어떤 때는 총소리가 프랑스어의 불규칙 동사나 위층에서 싸우는 소리로 생각될 때도 있습니다. 그렇지만 한참 동안 서 있다가 총성이 들리면, 내가 아직 방 안에 있다는 것을 깨닫게 되지요.

나는 재빨리 실내복을 입고 슬리퍼를 신은 채 베개와 손수건을 들고 아빠 방으로 달려갑니다. 생일날 마르고트 언니가 번역해 준 시와 상황이 똑같습니다.

한밤중에 첫 번째 총소리가 들리면
쉿, 봐!
삐걱거리며 문이 열린다.
한 소녀가 미끄러지듯 들어온다,
베개를 꼭 껴안고.

아빠의 커다란 침대로 파고들면 최악의 공포는 사라집니다. 총리가 더 심해지지 않으면 말입니다.

아침 6시 45분 : 따르르릉, 탁상시계가 울립니다(잊어버리고 맞춰 놓지 않을 때도 있습니다.). 딸각, 판 단 아주머니가 끕니다. 삐걱, 판 단 아저씨가 일어나 주전자를 불 위에 올려놓고 급히 세면장으로 갑니다.

7시 15분 : 문이 다시 삐걱거리고, 듀셀 아저씨가 세면장으로 들어갑니다. 나는 혼자가 되면 창문 가리개를 떼어 냅니다.

'은신처'의 하루가 또 시작됩니다.

1943년 8월 5일 목요일

키티.

오늘은 점심 시간 이야기를 하겠습니다.

12시 30분 : 창고에서 일하는 사람들이 집으로 가면, 판 단 아주머니는 위층에서 하나밖에 없는 아름다운 양탄자를 진공 청소기로 청소합니다. 아빠는 디킨스의 책을 들고 조용한 장소를 찾아갑니다. 디킨스의 책은 아빠 손에서 떠날 줄을 모릅니다. 엄마는 일을 도와주러 위층으로 가시고, 난 화장실 청소를 하러 갑니다. 덤으로 나도 씻는 거죠.

12시 45분 : 손님들이 찾아옵니다. 코프하이스 씨와 크라렐 씨, 엘리도 오고, 가끔 미프 아주머니도 온답니다.

1시 : 모두 작은 라디오 앞에 둘러앉아 영국의 BBC 방송을 듣습니다. 이 시간만은 '은신처'의 누구도 다른 사람을 방해하지 않는답니다. 판 단 아저씨조차 방해할 수 없는 사람이 새로운 소식을 전하고 있거든요.

1시 15분 : 즐거운 식사 시간입니다. 모두 수프를 한 그릇씩 먹

고, 푸딩이 있으면 그것도 조금씩 나누어 먹습니다.

1시 45분 : 모두 식탁에서 일어나 자기 할 일을 찾습니다. 언니와 엄마는 설거지를 하고, 판 단 아저씨와 아주머니는 의자에 앉습니다. 페터는 다락방으로, 아빠는 아래층 긴 의자로, 듀셀 아저씨는 침대로 들어갑니다.

나는 그때부터 공부를 시작합니다. 모두 낮잠을 자기 때문에 하루 중 가장 평화로운 시간이 한동안 계속됩니다.

1943년 8월 9일 월요일

키티.

오늘은 저녁 식사 때의 모습을 이야기하겠습니다.

판 단 아저씨의 모습부터 설명할게요. 아저씨는 제일 먼저 음식을 나눠 받는데, 맛있는 것이 있으면 언제나 많이 달라고 합니다. 음식을 받으면서 으레 이야기를 시작하고, 무엇이든 자기 생각만이 옳다는 태도예요. 그런 때는 아무 말도 하지 말아야 합니다. 누가 아저씨의 말에 토를 달면 금방 흥분해서 펄쩍 뜁니다. 꼭 화난 고양이가 털을 곤두세우고 가르랑거리는 것 같습니다. 그래서 나는 판 단 아저씨가 이야기할 때는 절대 입을 열지 않는답니다.

다음은 판 단 아주머니. 아주머니한테도 함부로 말을 걸면 안 됨니다. 특히 기분이 좋지 않을 때는 얼굴도 보지 않는 게 좋아요. 모두 아주머니한테 신경을 쓰지 않으려고 무척 노력한답니다. 식사를 할 때도 아주머니는 빨리 드시는 법이 없습니다. 가장 작은 감자나 가장 달콤한 것, 또 가장 좋은 부분을 골라 먹는 게 아주머니의 습관이에요. 그러고 나서는 수다를 떱니다. 다른 사람이 듣거나 말거나 상관없습니다.

페터는 아주 얌전합니다. 누구한테도 말을 하지 않습니다. 하지만 잔뜩 먹고 나서 '두 배는 더 먹을 수 있는데…….' 하고 나지막이 말한답니다.

언니는 말도 없이 생쥐처럼 오물오물 먹습니다. 언제나 채소나 과일만 먹지요.

언니 옆에는 엄마가 앉아 계십니다. 엄마는 음식도 많이 드시고 말도 많이 하세요. 그렇지만 판 단 아주머니 같지는 않습니다. 평범한 가정 주부의 모습이랍니다.

아빠와 나에 대해서는 길게 이야기하고 싶지 않아요. 아빠는 음식에 대한 욕심이 없으세요. 먼저 식구들에게 음식이 골고루 돌아갔는지 살펴본답니다. 그리고 아이들에게 좋은 것을 먹이고 싶어 하세요. '은신처'의 훌륭한 모범이시죠.

아빠 옆에는 가장 신경질적인 남자가 앉아 있습니다. 듀셀 씨는 고개를 들지 않고 먹기만 한답니다. 자꾸 드려도 절대 그만 달라는 소리를 안 하십니다. 맛있는 음식일 경우에는 말할 필요도 없습니다. 가슴까지 올라오는 긴 양복 바지에다 붉은색 코트, 까만 슬리퍼, 플라스틱 테 안경이 아저씨의 한결같은 모습입니다.

아저씨는 하루에 세 번에서 다섯 번까지 화장실을 사용합니다. 그런데 그때마다 화장실 앞에서 발을 구르는 사람이 꼭 있답니다. 그럼 아저씨가 빨리 나오시냐고요? 천만에요. 아무리 급하다고 소리를 질러도 아저씨는 꿈쩍하지 않으세요.

'은신처'에 살지 않지만, 엘리는 식사 때 우리와 잘 어울립니다. 무엇이든 잘 먹어서 접시를 말끔히 청소합니다. 쾌활한 엘리를 모두가 좋아합니다.

1943년 8월 20일 금요일

키티,

5시 반, 창고 사람들이 퇴근하면 우리는 자유로워집니다. 엘리가 우리에게 저녁의 자유 시간을 알리러 올라오면 우리는 재빨리 일을 시작합니다. 엘리는 보통 나와 함께 위층으로 올라가 식사를 한답니다. 판 단 아주머니는 엘리가 자리에 앉기도 전에 갖고 싶은 것을 말합니다.

"오, 엘리! 아주 작은 소원이 하나 있는데……."

그때마다 엘리는 나한테 눈짓을 합니다. 누구든 위층으로 올라오면 아주머니는 기회를 놓치지 않는답니다.

5시 45분, 엘리가 돌아가면 난 2층에 내려가서 돌아봅니다. 우선 부엌을 살펴보고, 그다음에는 사무실 석탄 창고를 둘러본 뒤에 문을 열어 놓습니다.

내가 주위를 둘러본 뒤 크라렐 씨의 사무실로 들어가면, 그곳에서는 판 단 아저씨가 우편물을 꺼내 보고 계십니다.

페터는 창고 열쇠를 찾고, 아빠는 타자기를 위층으로 옮긴답니다. 언니는 사무실 일을 할 장소를 찾아다닙니다.

판 단 아주머니는 가스버너 위에 주전자를 올리고, 엄마는 감자를 냄비에 담아 아래층으로 내려옵니다. 모두 자기가 할 일을 잘 알고 있답니다. 식사 준비가 다 되면 '똑똑똑' 하고 세 번 바닥 두드리는 소리가 납니다.

1943년 8월 23일 월요일

키티.

'은신처'의 하루에 대한 이야기를 계속하겠습니다. 아침 8시 반이 되면 언니와 엄마는 말이 많아집니다.

"쉬……. 아빠, 조용히 하세요."

"8시 반이 지났어요. 이쪽으로 오세요. 물을 쓰면 안 돼요. 조용히 걸으세요."

모두 화장실에 들어가신 아빠한테 하는 소리랍니다.

물을 한 방울이라도 흘리면 안 되고, 절대로 화장실을 사용해서도 안 됩니다. 여기저기 돌아다녀서도 안 되지요. 사무실이 비어 있을 때는 창고에서 나는 소리가 다 들리기 때문입니다.

8시 20분이 되면 위층 문이 열리고, 바닥을 세 번 두드리는 소리가 들립니다. '안네야, 빨리 네 몫의 죽을 받아 가라.'는 신호지요. 난 위층으로 기어 올라가서 내 밥그릇을 받아 방으로 돌아옵니다. 죽을 다 먹고 나서는 머리를 빗고, 요란한 소리를 내는 요강을 치우고, 침대를 정리합니다. 모든 것을 10분 안에 끝내야 합니다.

쉬잇! 시계가 울렸습니다. 위층에서는 판 단 아주머니와 아저씨가 구두를 벗고 슬리퍼로 갈아 신습니다. 집 안이 조용해집니다.

이탈리아의 항복

1943년 9월 10일 금요일

키티.

당신에게 글을 쓸 때마다 무엇인가 특별한 일이 일어난 것 같지만, 사실 즐거운 일보다는 나쁜 일이 더 많았지요. 그렇지만 오늘은 반가운 소식이 있답니다.

지난 수요일 저녁, 우리는 7시 뉴스를 들으려고 라디오 주위에 모여 앉았습니다.

"전쟁이 시작된 이래 최대의 뉴스를 말씀드리겠습니다. 이탈리아가 항복했습니다."

이탈리아가 무조건 항복을 한 것입니다. 영국에서 보내는 네덜란드어 방송은 8시 15분부터 시작되었습니다.

"청취자 여러분! 기뻐해 주십시오. 전 세계가 놀랄 만한 소식을 전해 드리겠습니다. 한 시간 전, 이탈리아가 연합군에게 항복했다는 굉장한 뉴스입니다. 저는 지금껏 방송을 하면서 이렇게 신나는 원고를 쓰고, 신나게 전해 드린 적이 한 번도 없었습니다."

네덜란드어 방송은 여느 때처럼 우리에게 용기를 불어넣어 주었지만, 모든 것이 그렇게 낙관적인 것만은 아니었습니다.

아직도 우리에게는 걱정거리가 있습니다. 코프하이스 씨 때문이에요. 당신도 알다시피 우리는 모두 코프하이스 씨를 좋아합니다. 그는 몸이 좋지 않아 고통스러울 때도, 음식을 제대로 먹지도 못하고 잘 걷지도 못하지만 늘 명랑하고 용기를 잃지 않는 사람입니다.

"코프하이스 씨가 들어오면 태양이 솟아오르는 것 같아."

얼마 전에 엄마가 하신 말씀인데, 정말 그렇습니다.

그런 코프하이스 씨가 수술을 받기 위해 입원을 해야 합니다. 적어도 4주일 정도는 있어야 퇴원할 수가 있답니다.

코프하이스 씨는 보통 때와 똑같은 표정으로 작별 인사를 하고 수술을 받으러 갔습니다.

1943년 9월 16일 목요일

키티.

사람들 사이가 날이 갈수록 나빠지고 있습니다. 식사할 때도 누구 한 사람 입을 열지 않아요. 음식을 입안에 넣을 때를 빼고 말입니다. 누구든 말을 하면 다른 사람을 짜증나게 하거나 오해를 받을 뿐이기 때문입니다.

나는 걱정과 우울한 기분을 잊기 위해 날마다 진정제를 먹고 있습니다. 하지만 그러고 나면 더욱더 우울해질 뿐입니다. 마음껏 웃는 것이 열 알의 진정제를 먹는 것보다 나을 거예요. 이렇게 찡그린 채 살다가는 얼굴도 험상궂게 변하고, 입도 붙어 버리지 않을까 걱정이랍니다.

다른 사람들도 우울해합니다. 모두 앞으로 다가올 끔찍한 겨울을 어떻게 보낼까 걱정하며 두려움에 떨고 있습니다.

또 하나 걱정거리가 생겼습니다. 창고지기가 우리 '은신처'를 의심하기 시작한 것입니다. 그 사람은 무슨 일이든 파고들기를 좋아하고 믿을 수가 없어서 큰 걱정이랍니다.

1943년 10월 17일 일요일

키티.

코프하이스 씨가 돌아왔습니다. 아직은 혈색이 좋지 않지만, 정말 다행이지 뭐예요. 판 단 아저씨가 부탁하자 기분 좋게 옷을 팔러 나갔습니다.

판 단 아저씨네 집에 돈이 떨어져 간다니까 기분이 좋지 않습니다. 판 단 아주머니는 모피 코트와 드레스, 구두가 많은데 하나도 내놓으려고 하지 않습니다. 아저씨와 아줌마는 그것 때문에 크게 싸웠지만, 지금은 화해를 했답니다. 지난 한 달 동안 이 조용한 집에서 오간 욕설을 생각하면 머리가 지끈지끈거립니다.

아빠는 누구한테도 말을 하지 않습니다. 누군가 말을 걸면 깜짝 놀라 고개를 들지만, 또 무슨 귀찮은 말다툼의 중재자가 되어야 하나 두려운 표정을 짓는답니다. 엄마는 흥분해서 얼굴을 붉히고 있고, 언니는 두통을 호소하고 있답니다. 듀셀 아저씨는 잠을 못 자고, 판 단 아주머니는 하루 종일 투덜거립니다.

나는 정말 미칠 것 같습니다. 이런 모든 것을 잊어버릴 수 있는 방법은 공부밖에 없습니다. 그래서 열심히 공부를 합니다.

1943년 11월 8일 월요일

키티.

당신이 만일 내 편지를 한 장 한 장 다시 읽는다면, 편지를 쓸 때마다 기분이 오락가락했다는 것을 알 수 있을 것입니다. 내가 이곳 분위기에 너무 예민하게 반응한다는 건 알지만, 그건 어쩔 수 없는 일입니다. 모두 그러니까요.

엘리가 아직 돌아가지 않았는데 갑자기 현관에서 크고 날카로운 벨 소리가 울렸습니다. 나는 너무 놀라서 새파랗게 질리고, 갑자기 배가 아파 오고, 가슴도 두근거렸답니다.

밤에 침대에 누우면, 나는 아빠 엄마와 헤어져 혼자 동굴 속에 있는 것 같습니다. 때로는 길거리를 헤매기도 하고, '은신처'가 불에 타기도 하고, 밤에 독일군들이 들이닥쳐 우리를 잡아가는 장면이 떠오르기도 합니다. 모든 것이 너무 생생해서 금방이라도 그런 일이 일어날 것 같답니다.

미프 아주머니는 우리가 겪는 마음의 괴로움에 대해서는 생각하지 못할 거예요. 세상이 옛날처럼 평화로워질 것이라는 믿음이 생기지 않습니다. 우리의 옛날 집과 친구들, 또 학교에서 재미있게 놀던 일들을 생각해 보지만, 그것은 어쩐지 다른 사람의 일처럼 희미하게 떠오를 뿐이랍니다.

사라진 만년필

1943년 11월 11일 목요일

키티.

오늘 편지에는 재미있는 제목을 붙였습니다.

「내 만년필과의 추억에 바치는 노래」

만년필은 내 물건 중에서 가장 소중한 것이었습니다. 특별히 내가 제일 좋아했던 것은 뭉뚝한 펜촉이었습니다. 펜촉이 굵어야 글씨가 잘 써지거든요. 이 만년필에는 아주 길고 재미있는 역사가 있습니다.

내가 아홉 살 때 멀리 아헨에서 소포로(솜에 싸여서) 배달되었습니다. 할머니가 보내 주신 거지요. 빨간 가죽 케이스에 들어 있는 만년필이 너무 멋져서, 나는 친구들한테 자랑을 하였습니다.

열 살이 되자, 만년필을 가지고 학교에 가도 좋다는 허락을 받았습니다. 선생님도 허락하셨어요. 하지만 열한 살이 되자, 이 '보물'을 쓸 수 없게 되었습니다. 새로운 담임 선생님이, 학교에서는 지정된 펜과 잉크만을 써야 한다고 말씀하셨거든요.

열두 살이 되어 유대인 중학교에 입학했을 때, 만년필 케이스를 선물받았습니다. 이 케이스에는 연필도 넣을 수 있고, 또 지퍼도 달려 있어 아주 멋져 보였답니다.

열세 살 때, 만년필은 나와 함께 '은신처'로 들어왔습니다. 그리고 지난 일 년 동안, 나를 위해 수없이 많은 일기와 작문을 써 주었습니다.

그런데 지난 금요일 오후 5시가 넘었을 때의 일입니다. 내가 탁자에서 글을 쓰고 있는데, 언니와 아빠가 라틴어 공부를 하기 위해 들어왔습니다. 나는 한숨을 쉬며 만년필을 탁자 위에 둔 채 자리를 비켜 주었습니다. 그러고는 콩을 골랐습니다. 나쁜 콩을 가려 내기 위해서지요.

5시 45분쯤에 나는 바닥을 쓸고 쓰레기와 썩은 콩을 신문지에 싸서 난로에 던졌습니다. 순간, 꺼져 가던 불길이 활활 타올랐습니다. 나는 그것을 보며 참 멋지다고 생각했습니다.

나는 쓰던 글을 마저 끝내려고 탁자 앞에 앉았습니다. 그런데 만년필이 보이지 않았습니다. 언니도 함께 찾아보았지만 어디에도 없었습니다.

"콩이랑 휩쓸려 난로 속으로 들어갔나 봐."

언니가 그렇게 말하였습니다.

"아냐, 그럴 리가 없어."

나는 믿을 수가 없었습니다. 하지만 만년필은 밤이 되어도 나타나지 않았습니다. 언니 말처럼 쓰레기에 섞여 타 버린 것이라고 생각할 수밖에 없었습니다.

이튿날 아침, 난로를 청소하던 아빠가 만년필 고리를 발견하였습니다. 금으로 만든 펜촉은 그림자도 보이지 않았습니다.

"아마 녹아서 어딘가에 붙어 버렸을 거야."

아빠가 말씀하셨습니다. 나는 섭섭했지만 한편으로는 다행이란 생각을 했답니다. 내 만년필은 화장되었기 때문이지요. 내가 죽었을 때도 그렇게 해 주었으면 좋겠습니다.

1943년 11월 17일 수요일

곤란한 일이 생겼습니다. 엘리네 식구가 모두 디프테리아에 걸려서, 엘리는 6주 동안이나 이곳에 올 수 없게 되었습니다. 심심해진 것은 물론이고, 식량과 그 밖의 물건을 사들이는 데 큰 곤란을 겪게 되었습니다. 코프하이스 씨도 아직 병이 낫지 않아서, 3주 동안 죽과 우유만 드십니다. 그래서 크라렐 씨 혼자 바빠서 쩔쩔매고 있습니다.

언니가 보낸 라틴어 문제 답안이 고쳐져서 돌아왔습니다. 언니는 엘리의 이름을 빌려 쓰고 있거든요. 언니의 선생님은 무척 친절하고 유머도 있습니다. 그 선생님은 언니와 같은 똑똑한 제자를 두어서 틀림없이 즐거울 거예요.

뒤셀 아저씨는 요즈음 기분이 몹시 나쁘지만, 우리는 그 이유를 모릅니다. 판 단 아저씨네 부부와 이틀 동안이나 말을 하지 않아 모두 깜짝 놀랐습니다. 그렇게 말을 하지 않고 지내면 언젠가는 판 단 아주머니한테 무서운 보복을 당할 거라고 엄마가 충고를 하셨습니다.

그러자 뒤셀 아저씨는 처음에 말을 하지 않은 쪽은 판 단 아저씨라면서, 절대 먼저 말을 하지 않겠다는 거예요.

어제는 뒤셀 아저씨가 '은신처'에 온 지 꼭 일 년이 되는 날이었습니다. 엄마는 뒤셀 아저씨한테 화분을 선물받았습니다. 하지만 몇 주일 전부터 은근히 선물을 기대했던 판 단 아주머니는 아무것도 받지 못했습니다.

아저씨는 자기를 이곳 식구로 받아들여 준 우리에게 한 마디 말씀도 하지 않았습니다. 어제 아침 내가 '축하를 할까요, 위로의 말을 할까요?' 하고 묻자, 아저씨는 아무 말도 필요 없다고 하셨습니다. 평화 중재자로 나섰던 엄마도 두 손을 들고, 분위기는 여전히 어색하답니다.

'인간의 정신은 위대하나, 그 행동은 얼마나 비열한가!'

1943년 12월 22일 수요일

키티.

지독한 감기에 걸려서 오랫동안 편지를 쓰지 못했습니다. 여기에서는 병이 나면 불쌍해집니다. 기침이 나올 때마다 담요에 머리를 묻고 소리를 내지 않으려고 애를 써야 하거든요. 그렇지만 목이 너무 간지러워 우유와 벌꿀, 사탕 같은 것을 먹어야 합니다.

감기를 떨쳐 버리기 위해 이러저러한 치료법을 동원한 걸 생각하면 지금도 머리가 아찔합니다. 땀을 내기 위해 찜질을 하고, 뜨거운 물을 마시고, 목구멍을 씻어 낸 뒤 약을 바르고, 두꺼운 이불을 덮고, 뜨거운 물을 통에 담아 발을 담그고, 레몬 펀치를 마시고, 또 두 시간마다 체온 재기!

이렇게 해야만 감기가 낫는 것일까요? 무엇보다 기분이 나빴던 것은, 듀셀 아저씨가 심장 소리를 듣는다고 기름기가 흐르는 머리를 내 가슴에 댈 때였습니다. 아저씨의 머리카락이 가슴에 닿아 간지럽고 불쾌해서 견딜 수가 없었습니다. 의사 자격증이 있기는 하지만, 왜 꼭 내 가슴에 이마를 대야 하죠? 연인도 아니고, 또 아저씨는 요즈음 놀랍도록 귀가 어두워져서 그런 식으로 해서는 몸의 상태가 좋은지 나쁜지 알아 낼 수도 없을 거예요.

감기에 대한 이야기는 그만하겠습니다. 지금은 많이 건강해져서 키가 1센티미터 자랐고, 체중은 2파운드나 늘었답니다. 얼굴은 아직도 조금 창백하지만 말이에요.

나는 지금 공부를 무척 하고 싶습니다.

특별한 소식은 없습니다. 요즈음은 모두 사이좋게 지내고 있습니다. 반 년 동안이나 싸움이 그칠 날이 없더니, 말다툼이 딱 멎었답니다. 엘리는 아직도 나올 수가 없다고 합니다.

1943년 12월 24일 금요일
키티.

우리가 이곳 분위기에 얼마나 많이 영향을 받는지 쓴 적이 있는데, 요즈음은 그것이 점점 심해지고 있습니다.

「지상의 천국인가, 절망의 구렁텅이인가」라는 괴테의 시가 생각

납니다. 다른 유대인 아이들과 비교하면 우리는 '지상의 천국'에 있는 것 같습니다. 하지만 오늘 같은 날은, 예를 들어 코프하이스 부인이 와서 자기 딸 코리가 하키 클럽에 가고, 카누를 타고, 여행을 하고, 연극 구경도 갔다는 이야기를 들려주면 '절망의 구렁텅이' 속에 있는 것 같습니다.

코리를 질투하는 것은 아니지만, 재미있는 일을 해서 배가 아프도록 웃어 봤으면 좋겠습니다. 그렇지만 여기에 있다는 것만으로도 감사하며 살아야겠지요.

1944년 1월 5일 수요일

키티.

오늘은 당신에게 고백할 것이 두 가지 있습니다. 그러니까 시간이 조금 걸릴 거예요. 누군가에게 고백을 해야 한다면, 무슨 일이 있더라도 비밀을 지켜 주는 당신이 가장 좋을 것이라고 생각했습니다.

첫째는 엄마에 대한 거예요. 내가 엄마에 대해 불만이 많다는 것은 당신도 잘 알 겁니다. 그렇지만 지금은 잘해 드리려고 노력하고 있습니다.

나는 갑자기 엄마에게 부족한 것이 무엇인가를 깨달았습니다.

그것은 엄마가 우리를 딸이라기보다는 친구처럼 생각하신다는 것입니다. 그것이 좋기는 하지만, 딸이 친구를 대신할 수는 없잖아요. 나는 엄마를 본받고 존경할 수 있기를 바랍니다.

언니는 나와 다른 생각을 가지고 있어서, 내가 지금 당신에게 한 이야기를 이해하지 못할 것 같습니다. 또 아빠는 내가 엄마에 대해 무슨 이야기를 하면 피하신답니다.

내 상상 속에서의 엄마는 이렇답니다. 우선 아이가, 특히 내 또래의 나이일 때는 잘 다루어야 하고, 내가 아파서가 아니라 다른 일로 울 때는 우리 엄마처럼 웃어넘기지 않는 분이에요.

중요한 일이 아닌데도, 지금까지 엄마를 용서할 수 없는 일이 하나 있습니다. 이곳으로 들어오기 전에 내가 치과에 갔을 때의 일입니다. 그때 엄마와 언니도 따라왔는데, 치료가 끝나고 밖으로 나오면서 엄마는 언니와 시내에 무슨 물건을 사러 가야겠다고 하셨습니다. 내가 따라가겠다고 했더니, 나는 자전거를 가져와서 안 된다는 거예요. 나는 너무 화가 나서 눈물을 흘렸습니다. 그러자 엄마와 언니가 깔깔거리는 거예요. 나는 너무 분해서 엄마와 언니한테 혀를 낼름 내밀었습니다. 그때 지나가던 할머니가 그 모습을 보고 얼마나 놀라시던지, 나는 자전거를 타고 재빨리 집으로 돌아와 버렸답니다. 그날 나는 하루 종일 울었습니다.

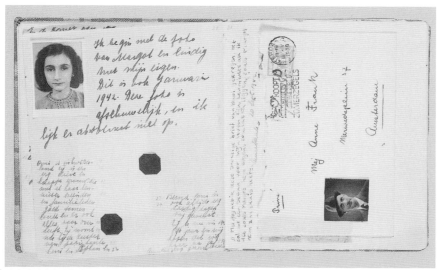

안네의 일기장 가운데 한 쪽

　우습게 들리겠지만, 그날 내가 얼마나 화가 났었는지 생각하면 지금도 마음 한켠이 아파 옵니다.

　둘째는 말하기가 좀 곤란하지만, 나 자신에 대한 이야기입니다. 어제 나는 시스 헤어스터가 쓴 「얼굴 붉히기」에 대한 글을 읽었습니다. 그 글은 마치 나를 위해 씌어진 것 같았습니다. 물론 나는 쉽게 얼굴이 붉어지는 편은 아니지만 그 속에 씌어 있는 나머지 부분은 내게 딱 들어맞았거든요.

　시스 헤어스터가 쓴 이야기는 대충 이렇습니다.

　"사춘기 소녀는 나이가 들면 얌전해지고, 자기의 신체에 나타나는 놀라운 변화에 대해 생각하기 시작한다."

나도 역시 똑같은 것을 느끼고 있습니다. 그래서 요즈음 나는 언니나 엄마, 아빠를 대할 때 태연할 수가 없습니다. 우스운 것은 나보다 더 수줍어 하는 언니가 조금도 그런 티를 내지 않는다는 것입니다.

나는 나에게 일어나는 일들이, 몸의 변화뿐만 아니라 마음속에서 일어나는 변화들이 너무 신기합니다. 하지만 누구와도 이런 일은 이야기해 보지 않았습니다. 지금까지 세 번밖에 하지 않았지만 생리를 할 때마다 몸이 불편하고 불쾌하고 불결하다는 느낌이 듭니다. 하지만 왠지 달콤한 신비감도 느꼈습니다. 그것은 약간 귀찮기는 해도, 내가 오랫동안 기다려 왔던 나 혼자만의 비밀을 가졌다는 느낌을 주거든요.

그 글을 쓴 사람은, 내 또래의 소녀들은 아직 자기 자신에 대해 똑똑히 깨닫지는 못한다고 했습니다. 하지만 조금씩 사상이나 감정, 습관을 가진 인간이라는 사실에 눈을 뜬다고 합니다.

이곳으로 오고 나서 열네 살이 되었을 때, 나는 내가 한 인간이라는 사실을 깨닫게 되었습니다.

요즈음 때때로, 밤에 침대에 누워 있으면 가슴을 더듬어, 내 심장의 고동 소리를 들어 보고 싶은 충동이 일 때가 있습니다. 여기에 오기 전에도 그런 느낌을 받은 적이 있었습니다.

여자 친구와 같이 잘 때, 나는 갑자기 키스가 하고 싶어서 정말 그렇게 했습니다. 또 그 애의 몸에 대해서도 호기심을 느꼈습니다. 우정의 증거로 서로의 가슴을 만져 보자고 하자, 그 아이는 싫다고 거절했답니다.

아, 이런 말을 나눌 만한 여자 친구가 한 명 있다면 얼마나 좋을까요!

첫사랑

1944년 1월 6일 목요일

키티.

누구라도 좋으니 이야기를 할 수 있는 사람이 있었으면 좋겠습니다. 그래서 페터는 어떨까 생각해 보았습니다.

나는 가끔 4층의 페터 방에 놀러 갑니다. 아주 포근해서 놀기는 좋지만, 페터는 너무 얌전해서 귀찮아도 나가 달라는 말을 못 합니다. 그래서 되레 오래 있기가 미안하답니다.

어제 나는 일부러 핑곗거리를 만들어서 페터 방으로 갔습니다. 페터는 빈칸 채우기 퍼즐을 하고 있었습니다. 그를 도와주기 위해 작은 탁자를 사이에 두고 마주 앉았습니다. 그런데 그의 깊고 푸른 눈을 볼 때마다 나는 마음이 이상해졌습니다. 그는 입가에 묘한 미소를 띠고 있었는데, 그가 무슨 생각을 하고 있는지 알 것 같았습니다. 그는 여자 앞에서 어떻게 행동해야 좋을지 몰라서 어색해하면서도 자신은 남자라는 것을 느끼는 것 같았습니다.

나는 그의 수줍어 하는 태도에 마음이 포근해졌습니다. 자꾸 그의 눈을 마주 보고 싶었습니다. 나는 속으로 이렇게 외쳤습니다.

'제발, 지금 무슨 생각을 하고 있는지 가르쳐 줘. 그런 쓸데없는 이야기 말고 다른 걸 생각할 수는 없니?'

하지만 그날 저녁은 아무 일 없이 지나갔습니다.

이런 이야기를 한다고 내가 페터를 사랑한다고는 생각하지 마세요. 절대로 그런 일은 일어나지 않을 테니까요.

만일 판 단 아저씨 댁에 아들이 아닌 딸이 있었더라도 나는 그 애와 친구가 되려고 노력했을 거예요.

1944년 1월 7일 금요일

키티.

난 정말 멍청한가 봅니다. 당신에게 내 남자 친구 이야기를 한 적이 없다는 걸 이제야 알았습니다.

유치원에 다닐 때, 나는 카렐을 좋아했습니다. 그 애는 아빠가 돌아가셔서, 엄마와 함께 숙모네 집에서 살고 있었습니다. 카렐의 사촌 로비는 머리칼이 검고 날씬하고 잘생겨서, 조그맣고 웃기기만 하는 카렐보다 사람들의 귀여움을 훨씬 더 많이 받았습니다. 하지만 나는 카렐이 좋았습니다. 나에게는 겉모습이 별로 중요하지 않았거든요. 우리는 꽤 오랫동안 친하게 지냈지만 사랑하지는 않았습니다.

그다음에 나타난 것이 베셀입니다. 나는 어렸지만 그를 사랑한다는 걸 알았습니다. 베셀도 나를 무척 좋아했습니다. 우리는 여름 동안 아주 친하게 지냈습니다. 하얀 면셔츠를 입은 그와 짧은 여름 드레스를 입은 내가 손을 꼭 잡고 걸어 다니던 생각이 납니다. 여름 방학이 끝나자 그는 고등학교에 들어갔고, 나는 초등학교 6학년이 되었어요.

베셀은 아주 잘생긴 소년이었습니다. 키가 크고 날씬한데다 얼굴은 영리하고 침착해 보였습니다. 검은 머리와 아름다운 갈색 눈, 뾰족한 코, 웃으면 장난꾸러기처럼 보이는 그가 무척 좋았습니다.

그런데 내가 방학 동안 시골에 갔다 와 보니, 베셀은 이사를 가고 없었습니다. 그 집에는 베셀보다 훨씬 큰 아이가 살고 있었습니다. 그 후, 친구들로부터 베셀이 자기 또래의 여자아이와 어울려 다닌다는 소식을 들었습니다. 그래도 나는 그를 잊을 수가 없었습니다.

'시간은 모든 상처를 잊게 해 준다.'는 말이 있습니다. 나는 그 말이 맞다고 생각했습니다. 나는 이제 베셀을 잊었고, 또 그를 조금도 좋아하지 않게 되었다고 생각합니다. 하지만 그와의 추억은 내 마음속 깊이 살아 있습니다.

오늘 아침, 나는 내 마음이 조금도 변하지 않았다는 걸 깨달았습니다. 그것뿐만 아니라 베셀에 대한 나의 사랑이 더욱 커졌다는 걸 알게 되었습니다. 지금은 베셀이 날 어리다고 생각한 것이 이해가 됩니다. 하지만 그가 날 까맣게 잊어버렸다고 생각하면 슬퍼집니다.

1944년 1월 12일 수요일

키티.

엘리는 2주일 전부터 다시 나왔습니다. 미프 아주머니와 헹크 아저씨는 배탈이 나서 이틀 동안 오지 못했습니다.

우리는 요즈음 『구름 없는 아침』이란 책을 읽고 있습니다. 엄마는 이 책이 좋은 책이라고 하셨어요. 젊은이들에 대한 여러 가지 문제가 씌어 있거든요. 하지만 나는 마음속으로 이렇게 외칩니다.

'그보다는 자식들에 대해 조금 더 걱정하시는 게 어때요?'

빈정거리고 싶은 것이지요.

엄마는 우리 집만큼 엄마와 자식들 사이가 좋고, 또 자신만큼 자식들을 깊이 염려해 주는 사람도 없다고 생각하시는 것 같아요. 그건 언니 때문일 거예요.

엄마에게 '엄마 딸들은 엄마가 생각하고 있는 것과는 다르다.'는 말을 하고 싶은 생각은 없습니다. 그런 말을 한다면 엄마는 놀라기만 할 뿐, 어떻게 해야 할지 모르실 테니까요.

엄마를 괴롭히고 싶지는 않습니다. 특히 나 자신에 관한 한 아무것도 달라질 것이 없다는 것을 잘 알고 있습니다.

언니는 요즈음 내게 아주 상냥합니다. 심술도 부리지 않고, 진짜 친구 같습니다. 이젠 나를 믿을 수 있다고 생각하는 것 같아요.

그리움의 싹

키티.

태양이 빛나고 있습니다. 하늘은 눈이 부시도록 파랗고 산들바람이 기분 좋게 불고 있습니다. 나는 모든 것이 그립습니다. 마음껏 떠들고 싶고, 자유롭고 싶고, 친구가 그립고, 혼자 있고 싶기도 하고, 그리고 실컷 울고 싶기도 합니다. 울고 나면 속이 시원해질 것 같지만 그럴 수는 없습니다.

나는 자꾸만 초조해져서 이 방 저 방 돌아다니기도 하고, 창문 틈에 코를 대고 숨을 쉬기도 하면서 내 심장이 뛰는 것을 느낍니다. 그것은 마치 '너는 내 그리움을 만족시킬 수 없니?'라고 말하는 것 같습니다.

내 삶에 봄이 온 것 같습니다. 봄이 잠을 깬 것 같아요. 그것을 온몸과 마음으로 느끼고 있습니다. 옛날처럼 아무렇지도 않게 행동하는 것이 무척 어렵습니다. 마음이 무척 혼란스러워요. 무엇을 읽고 써야 할지 모르겠습니다. 내가 알고 있는 것은, 내가 무엇인가를 무척 그리워하고 있다는 것뿐입니다.

1944년 2월 13일 일요일

키티.

토요일 이후에 내게 많은 변화가 있었습니다. 나는 모든 것을 그리워했습니다. 그것은 지금도 마찬가지입니다. 그런데 어떤 일이 생겨서 안타까운 마음이 약간 풀어진 것 같습니다.

모든 걸 다 이야기하겠습니다. 난 오늘 아침 페터가 나를 계속 바라보고 있다는 걸 알아챘습니다. 그것은 보통 때와는 조금 다른 눈빛이었습니다. 무엇이라고 설명해야 할지 모르겠습니다.

나는 그동안 페터가 언니를 사랑하고 있는 것이 아닌가 하고 생각해 왔습니다. 하지만 어제 갑자기 그렇지 않다는 느낌이 들었습니다. 나는 그를 너무 많이 쳐다보지 않기 위해 무척 노력했습니다. 왜냐하면 내가 그를 바라보면 그도 나를 보았기 때문입니다. 그가 나를 바라볼 때마다 나는 마음이 따뜻해지는 것 같았습니다. 하지만 나는 너무 그런 기분에 빠져서는 안 되겠다고 생각했답니다.

1944년 2월 16일 수요일

키티,

오늘은 마르고트 언니의 생일이었습니다. 페터는 12시에 선물을 구경하러 와서는 오래 이야기를 하다 돌아갔습니다. 지금까지 한 번도 없었던 일입니다.

오늘만은 언니를 기쁘게 해 주기 위해, 나는 오후에 언니한테 커피를 갖다 주고 나서 감자를 가지러 갔습니다.

페터의 방으로 들어가자, 그는 계단에 흩어져 있던 종이들을 얼른 치워 주었습니다. 나는 그에게 다락방으로 가는 문을 닫아야 하는지 물어보았습니다.

"그래, 내려올 때 노크하면 내가 열어 줄게."

그가 대답하였습니다.

나는 고맙다는 말을 하고 나서 다락방으로 올라갔습니다.

큰 통에서 작은 감자를 찾느라고 10분도 넘게 있었더니 등이 뻣뻣해지고 추웠습니다. 그래서 나는 노크하는 걸 잊어버리고 문을 열었습니다. 그런데도 페터는 아주 친절하게 맞아 주며 내 손에

든 냄비를 받아 들었습니다.

"한참 동안 골랐는데, 이게 제일 작은 것들이야."

나는 이렇게 말했습니다.

"큰 통 안을 다 뒤져 본 거야?"

"응, 샅샅이 뒤져 봤어."

이 말을 했을 때, 나는 벌써 계단 아래 서 있었습니다.

페터는 냄비 속을 들여다보며 말했습니다.

"이건 정말 좋은 건데."

그러고는 내가 냄비를 받아 들자 다시 한 번 말했습니다.

"잘했어. 정말 좋은 걸 골랐어."

그러면서 상냥하게 나를 바라보았습니다. 그는 정말 나를 기쁘게 해 주고 싶은 것 같았습니다. 하지만 그런 말을 길게 할 수는 없어서 눈으로 말했던 것이죠. 나는 그런 그가 무척 고마웠습니다. 그의 말과 나를 바라보던 시선을 생각하면 마음이 뿌듯해집니다.

아래층으로 내려가자, 엄마가 이번에는 저녁 식사 때 쓸 감자를 조금만 더 가져오라고 말하였습니다. 난 즐겁게 위층으로 올라갔습니다.

페터의 방으로 들어가면서, 귀찮게 해서 미안하다고 말했습니다. 내가 계단을 올라가려는데 그가 벌떡 일어나 가까이 다가왔습

143

니다. 그러고는 문과 벽 사이에 서서는 내 팔을 잡고 못 가게 했습니다. 나는 깜짝 놀랐습니다.

"내가 할게."

그가 말했습니다. 내가 이번에는 특별히 작은 것을 찾지 않아도 된다고 얘기하자, 그는 그제야 내 팔을 놓아주었습니다.

다시 감자를 골라 내려갈 때도 그는 문을 열고 냄비를 받아 주었습니다. 문 앞까지 왔을 때 내가 물었습니다.

"뭘 하고 있었어?"

"프랑스어 공부."

나는 그에게 공부한 것을 보여 달라고 말하고는, 손을 씻고 돌아와 그의 맞은편 소파에 앉았습니다. 그는 나중에 네덜란드령 동인도로 가서 농장을 할 거라고 말했습니다. 이어서 자신의 가정 생활과 시장의 암거래 등에 대해서도 이야기했습니다.

페터는 아주 심한 열등감에 빠져 있는 것 같았습니다. 예를 들면, 자기는 멍청하고 다른 사람들은 모두 영리하다는 것입니다. 내가 프랑스 말을 가르쳐 주면, 셀 수도 없을 만큼 여러 번 고맙다고 말하는 거예요. 다음에 또 그러면 그에게 이렇게 말해 줄 생각입니다.

"페터, 대신 너는 영어와 지리를 나보다 더 잘하잖아."

그러면 페터도 기분이 좋아지겠지요.

1944년 2월 18일 금요일

키티.

요즈음 나는 위층에 올라갈 때마다 페터를 만났으면 하고 바란답니다. 모든 것이 즐거워졌습니다. 왜냐하면 이제 내 인생의 목표도 뚜렷해지고 기쁨도 생겼기 때문이지요. 내 마음은 항상 그곳으로 달려가고 있답니다.

하지만 내가 사랑에 빠졌다고는 생각하지 마세요. 그런 건 아니니까요. 그와 나 사이에는 아름다운 우정과 믿음을 가져오는 그 무엇인가가 싹트고 있다는 느낌이 들어요. 그것은 아주 특별한 느낌입니다.

나는 기회만 있으면 페터에게 달려갑니다.

페터는 달라졌습니다. 이젠 무슨 말부터 해야 할까 망설이던 예전의 페터가 아닙니다. 내가 그의 방에서 나올 때까지도 이야기를 계속하고 있답니다.

엄마는 내가 페터한테 가는 걸 좋아하지 않습니다. 괜히 가서 귀찮게 하지 말라는 거예요. 엄마가 내 마음을 눈치채신 것은 아닐 테죠?

엄마는 내가 페터 방으로 들어갈 때마다 이상한 눈으로 바라봅니다. 그리고 내가 위층에서 내려오면 꼭 어디 갔다 오느냐고 물어보시지요. 정말이지 참을 수가 없습니다. 너무 심하다고 생각하지 않으세요?

1944년 2월 23일 수요일

키티.

바깥 날씨가 참 좋아졌습니다. 아침이 되면, 나는 거의 매일 페터가 있는 다락방으로 올라갑니다. 신선한 공기를 마음껏 들이마시고 페터와 이야기를 하고 있으면 답답한 가슴이 탁 트이는 것 같습니다. 내 마음에 드는 장소에 서서 하늘도 보고, 잎이 다 떨어진 밤나무를 보기도 합니다.

밤나무 가지에 맺힌 작은 빗방울이 햇빛에 반짝이고, 갈매기와 물새들이 미끄러지듯 날아다닙니다.

페터는 커다란 기둥에 기대 서 있고, 나는 앉아 있었습니다. 우리는 신선한 공기를 마시며 밖을 내다보았습니다. 그 평화로운 시간을 깨뜨리고 싶지 않아 오랫동안 아무 말도 하지 않았습니다.

그러고 나서 페터는 장작을 패기 위해 헛간으로 가야 했습니다. 나도 그의 뒤를 따라갔습니다. 페터가 15분 정도 장작을 패는 동안, 우리는 아무 말도 하지 않았습니다. 내가 옆에 서서 페터가 일하는 것을 보자, 페터는 자기 힘을 자랑하려는 듯 열심히 장작을 팼답니다.

나는 다시 열린 창밖으로 암스테르담의 시가지와 지붕들 너머로 보이는 지평선을 바라보았습니다. 지평선은 연푸른 빛을 띠고 있어서 끝이 어디인지 분간하기가 어려웠습니다. 나는 그런 모습을 보며 생각했습니다.

'찬란한 햇빛과 구름 한 점 없는 하늘이 있고, 살아서 그것을 볼 수 있는 한 난 행복하다.'

삶이 무섭고 쓸쓸하고 불행하다고 느끼는 사람들에게 가장 좋은 치료 방법은 하늘과 자연과 하느님과 함께 있을 수 있는 조용한 곳으로 가는 것입니다. 그때 하느님은 자연의 소박한 아름다움 속에서 인간이 행복해지기를 원한다는 걸 알게 될 테니까요. 자연이 존재하는 한, 어떤 어려운 환경에 있더라도 모든 슬픔에는 반드시 위안이 있을 거라고 생각합니다.

나는 자연이 우리가 겪고 있는 모든 고통을 위로해 줄 거라고 믿게 되었습니다. 아, 모르는 일이죠. 나와 같은 생각을 가진 사람과 이렇듯 뿌듯한 행복감을 나눌 수 있는 날이 오게 될지도요.

1944년 2월 27일 일요일

키티.

이른 아침부터 늦게까지 페터를 생각하는 것 말고는 아무것도 할 수가 없습니다. 그의 모습을 마음속에 그리며 잠이 들고, 그의 꿈을 꾸고 잠에서 깨면 그가 나를 바라보고 있는 것 같습니다. 페터와 나는 마음속으로 자기 자신과 싸우고 있습니다. 우리는 아직 스스로에 대한 의식이 확실하게 자리잡혀 있지 않습니다. 하지만 사람들이 우리를 거칠게 대할 때는 쉽게 상처를 받아, 모든 것을 버리고 도망가고 싶어요. 그럴 수는 없으니까, 나는 속마음을 감춘 채 건방지게 굴거나 심술을 부리기도 한답니다. 그래서 사람들은 나를 귀찮게 생각합니다.

페터는 나와 반대랍니다. 언제나 아무 말 없이 공상에 잠기면서 속마음을 감추고 있습니다.

우리의 마음은 언제 어떻게 서로 통하게 될까요? 나는 이런 감정을 언제까지 이성으로 억누를 수 있을지 모르겠습니다.

열네 살의 사랑

1944년 2월 28일 월요일

키티.

밤이나 낮이나 무서운 꿈에 시달리고 있습니다. 하루 종일 그를 볼 수 있는데도 잠을 이룰 수가 없습니다. 하지만 그런 내색을 할 수가 없습니다. 그럴수록 더 명랑한 척합니다.

베셀과의 추억은 내 가슴속 깊은 곳에 살아 있어 시간이 흐를수록 더욱 그를 그리워하고 사랑하게 되었습니다.

이제 베셀과 페터는 내게 한사람이 되어 버렸습니다. 내가 사랑하고 그리워하는 한사람이 된 거예요.

1944년 3월 4일 토요일

키티.

오늘은 지루하지도, 우울하지도, 답답하지도 않은 토요일이었습니다. 이런 토요일은 몇 달 만에 처음인 것 같습니다. 페터 때문이랍니다.

오늘 아침, 나는 앞치마를 말리려고 위층으로 갔습니다. 마침 위층에 계시던 아빠가 나에게 프랑스어로 이야기를 하자고 하셨습니다. 처음에는 아빠와 내가 프랑스어로 말하고, 곧 페터에게 설명해 주었습니다. 그런 다음 우리는 영어로 이야기를 했습니다. 아빠는 큰 소리로 디킨스의 작품을 읽어 주셨습니다. 아빠와 함께 페터 옆에 앉아 있었던 나는 천국에라도 온 것처럼 기분이 좋았습니다.

11시에 아래층으로 내려왔다가 11시 반에 다시 위층으로 올라갔습니다. 페터가 계단에서 나를 기다리고 있었습니다. 우리는 1시 15분까지 이야기를 했습니다.

식사를 끝내고 내가 방을 나갈 때면 페터는 다른 사람에겐 들리지 않는 목소리로 이렇게 말한답니다.

"잘 가, 안네. 또 만나."

아, 난 너무나 행복하답니다. 페터도 나를 사랑하게 된 것은 아닐까요? 아무튼 그는 정말 좋은 사람입니다.

1944년 3월 12일 일요일

키티.

나는 요즈음 가만히 앉아 있을 수가 없습니다. 위층으로 뛰어 올라갔다가 내려오고 또 뛰어 올라가고 하면서 페터와 이야기할 기회만을 찾고 있습니다. 하지만 그가 귀찮게 생각하지 않을까 걱정이 됩니다.

페터는 그동안 자기 자신에 대한 일이며 부모님에 대한 일들을

→ 안네가 주로 일기를 썼던 다락방
↓ 은신처로 들어가는 출입문을 교묘하게 감추어 준 책장. 책장은 마치 문처럼 잘 움직였다.

조금씩 이야기해 주었습니다. 하지만 나는 그것만으로는 만족할 수가 없답니다. 처음 그를 만났을 때는 우리가 친해질 거라고 생각하지 않았습니다. 하지만 지금은 달라졌습니다. 페터도 나와 같은 생각일 거예요.

언니는 퍽 친절하고 또 내 믿음을 얻고 싶어 합니다. 그러나 언니한테 모든 걸 털어놓을 수는 없습니다. 언니는 좋은 사람이며 아름답고 선량하지만, 자연스럽게 심각한 이야기를 할 상대는 아닌 것 같아요. 내가 무슨 말을 하면 너무 심각하게 받아들이고, 언제까지나 그 일에 대해 생각하는 눈치입니다. 그러고는 무엇을 찾아 내려는 듯이 나를 보다가, '이건 농담일까? 아니면 정말 안네가 그렇게 생각하는 것일까?' 하고 몇 번이나 생각한답니다. 아마도 둘이 하루 종일 붙어 있기 때문일 거예요.

나는 언제나 내 생각을 털어놓을 수 있을까요? 언제쯤이면 마음의 평화와 안식을 찾을 수 있을까요?

1944년 3월 15일 수요일

키티.

오늘은 '만일 이러이러한 일이 일어나면 큰일이야.'라든가 '만일 누가 병이 나면 어쩌지?'라는 말만 들었답니다.

크라렐 아저씨는 참호 파는 데 강제 소집을 당했고, 감기에 걸린 엘리는 콧물이 심해 내일 못 올지도 모릅니다. 미프 아주머니도 감기가 낫지 않았고, 코프하이스 씨는 위에 출혈이 심해 정신을 잃었기 때문입니다.

오후 1시에 헹크 아저씨가 오랜만에 오셔서 세상 이야기를 들려주셨습니다. 우리 여덟 사람이 그를 둘러싸고 있는 모습을 상상해 보세요. 할머니가 어린 손자들에게 옛날 이야기를 들려주는 것 같았답니다. 아저씨는 우리가 궁금해하는 문제들을 자세히 이야기해 주셨습니다.

바깥의 상황이라든가 폭격 등 도저히 이 '은신처' 안에서는 알 수 없는 이야기를 해 주셨지요.

1944년 3월 17일 금요일

키티.

오늘은 '은신처'에 안도의 한숨 소리가 흘렀답니다. 크라렐 아저씨는 법원의 결정에 따라 참호 파는 일에서 풀려났습니다. 엘리의 감기도 유행성 독감까지는 가지 않고 목만 좀 아프다가 나아졌답니다.

언니와 내가 엄마, 아빠에 대해 조금 싫증을 내고 있다는 것 말고는 모든 일이 좋아지고 있습니다. 당신도 잘 알다시피 난 엄마와 사이가 좋지 않습니다. 아빠는 지금도 존경하고 있습니다.

우리도 나이를 먹으면서 무슨 일이든 스스로 결정하고 홀로 서고 싶어집니다. 어떤 때는 독립에 대한 생각도 합니다. 그렇지만 위층에 올라가면 우리는 이것저것 명령만 받습니다. 음식에 소금을 치는 일조차 마음대로 못 합니다.

매일 밤 8시 15분만 되면 엄마는 나한테 자라고 하시면서 내가 읽은 책을 모두 검사합니다.

언니와 나는 하루 종일 질문을 받고 잔소리를 듣는 것에 지쳐 버렸습니다. 얼마 동안이라도 부모님 곁을 떠나 있고 싶습니다.

어제 저녁에 언니는 이렇게 말했습니다.

"가끔 우리가 한숨을 쉬거나 손을 머리에 갖다 댈 때, 엄마나 아빠가 '혹시 두통이 시작된 거니?' '기분이 좋지 않니?' 하고 묻는 것이 귀찮아."

나는 아직 열네 살밖에 되지 않았지만 내가 무엇을 원하는지, 또 무엇이 옳고 그른지쯤은 판단할 줄 압니다. 어른들이 볼 때는 우스울지 모르지만, 난 어린아이가 아닙니다. 이제 어른이 다 되었을 뿐만 아니라 하나의 독립된 인간이라고 생각합니다.

1944년 3월 19일 일요일

키티.

어제는 정말 멋진 날이었습니다. 나는 며칠 전부터 페터와 터놓고 이야기하리라 마음먹었습니다. 그래서 어제 저녁 식탁에 앉기 전에 조그만 소리로 페터한테 물었습니다.

"오늘 저녁에 속기 연습하니?"

"아니, 안 할 거야."

그가 대답했습니다.

"그럼 조금 있다가 이야기 좀 하자."

페터는 그러자고 했습니다.

설거지를 끝낸 다음 나는 페터의 방으로 갔습니다. 페터는 창문을 열어 놓고 창가에 서 있었습니다. 우리는 어두운 창가에 서서 많은 이야기를 했습니다. 너무나 많은 이야기를 나누어서 다 적을 수는 없지만, '은신처'에 온 뒤로 가장 즐거운 밤이었습니다.

이제 페터와 나는 서로 비밀을 나누어 가진 것처럼 생각됩니다. 페터가 웃는 얼굴로 내게 눈짓을 할 때면 마치 한 줄기 빛이 내게로 비치는 것 같습니다.

이런 즐거움이 언제까지나 계속되었으면 좋겠습니다. 그리고 앞으로도 더욱 두 사람이 멋진 시간을 함께할 수 있기를…….

언니의 편지

1944년 3월 20일 월요일

키티,

오늘 아침에 페터가 밤에 또 오지 않겠느냐고 물었습니다. 내가 부모님 때문에 너무 자주 갈 수는 없다고 하자, 페터는 그런 것은 걱정하지 말라고 했습니다. 그래서 나는 토요일 오후에 가겠다고 말했습니다.

그런데 내 행복에 작은 그림자가 생겼습니다. 나는 오래전부터 언니가 페터를 좋아한다고 생각했습니다. 그래서 내가 페터를 만날 때마다 언니는 고통을 받을 거라고 생각했습니다. 하지만 언니는 전혀 그런 티를 내지 않았습니다. 나 같으면 질투가 나서 가만 있지 못할 텐데, 언니는 신경 쓰지 않아도 된다고만 말했습니다.

"언니만 따돌리는 것 같아 불쾌할 거야."

내가 이렇게 말했더니, 언니는 약간 슬픈 듯이 대답했습니다.

"이젠 괜찮아. 습관이 돼서."

그런데 오늘 언니가 내게 편지를 주었습니다. 언니가 얼마나 착한지 이 편지를 보면 알 수 있을 거예요.

사랑하는 안네에게

안네, 내가 널 질투하지 않는다고 말했지만, 반쯤은 거짓이야.

사실 난 너나 페터에 대해서는 질투하지 않아. 다만 내 생각이나 감정에 대해서 얘기할 만한 상대를 찾지 못했고, 앞으로 얼마 동안은 찾지 못할 것 같아서 슬플 뿐이야.

상대방이 나보다 뛰어나다는 생각이 들어야 하는데, 페터는 그렇지 못하거든. 너와 페터는 잘 어울릴 것 같아. 너는 내가 가진 것을 빼앗는 것이 아니야. 그러니 나 때문에 널 스스로 책망하지는 마. 너와 페터는 우정에 의해 얻는 게 반드시 있을 거야.

너와 페터를 믿어.

언니로부터

나는 답장을 보냈습니다.

　사랑하는 언니에게

　언니의 정다운 글, 정말 고맙게 읽었어. 그렇지만 난 지금도 별로 좋은 기분은 들지 않아.

　언니가 생각하는 것처럼 페터와 난 그렇게 신뢰감이 깊지 않아. 하지만 해질 무렵 창문을 열어 놓고 마주 보고 있으면 아주 자유롭게 이야기할 수는 있어. 감정이란 큰 소리로 떠들기보다는 가만가만 속삭이는 편이 더 잘 표현되잖아. 그건 언니도 잘 알고 있을 거야.

　언니는 누나와 같은 애정으로 페터를 보살펴 주고 싶을 거야. 그건 우리가 생각하는 신뢰감과는 좀 다른 거겠지만. 내가 언니를 얼마나 좋아하는지 언니는 모를 거야.

　나는 언니와 아빠의 좋은 점을 조금이라도 내 것으로 만들기 위해 애쓰고 있어. 우리 둘을 믿어 줘서 고마워.

　　　　　　　　　　　　　　　　　　　　　안네가

1944년 3월 22일 수요일

키터.

어제 저녁 언니한테서 또 편지를 받았습니다.

사랑하는 안네에게

어제 네 편지를 읽고, 네가 페터를 찾아갈 때마다 양심의 가책을 받고 있는 것 같아서 기분이 좋지 않았어.

하지만 넌 그럴 이유가 전혀 없어. 나에게도 누군가와 신뢰를 나눌 만한 권리가 있지만, 그 상대로 페터를 생각해 보진 않았어. 하지만 네 말처럼 페터가 남동생처럼 느껴지기는 해.

서로의 마음이 끌리면 남매 같은 애정이 싹틀지도 모르지. 그렇지만 아직 거기까지 진행되지 않은 건 분명해. 그러니까 넌 조금도 날 동정할 필요가 없어. 친구를 찾았으니 마음껏 우정을 누리도록 해.

언니로부터

키티, 아무래도 이 '은신처'에서 커다란 연애 사건이 일어날 것 같습니다. 하지만 그와 결혼할 생각 같은 건 아직 해 보지 않았습니다. 페터가 자라서 어떤 사람이 될지도 모르고, 또 두 사람이 결혼을 할 만큼 서로 사랑하게 될지 어떨지도 모르잖아요. 페터가 나를 사랑하고 있다는 건 압니다.

그러나 어떤 감정으로 사랑하고 있는지는 잘 모르겠습니다. 그냥 친구처럼, 귀여운 여동생처럼 생각하는지도 모르죠.

1944년 3월 27일 월요일

키티,

'은신처' 생활에서 가장 중요한 화젯거리는 정치 문제입니다. 하지만 나는 이제까지 이 문제에 별 관심이 없어서 쓰지 않았는데, 오늘은 정치 문제에 대한 것만 쓰겠습니다.

'은신처'를 방문하는 사람들은 대개 엉터리 소식들을 가지고 온답니다. 그러나 라디오는 지금까지 한 번도 거짓말을 하지 않았습니다. 헹크 아저씨, 미프 아주머니, 코프하이스 씨, 엘리, 크라렐 씨 등의 정치에 대한 판단은 언제나 왔다 갔다 합니다.

그중에서 그래도 제일 정확한 사람은 헹크 아저씨 랍니다. '은신처' 사람들이 정치 이야기 끝에 내리는 결론은 언제나 같습니다. 상륙 작전, 공습, 정치가들의 연설 등에 관해 논쟁을 하다 보면 결국 항상 이 말이 나옵니다.

"상륙 작전이 시작되었다고 해도 전쟁은 계속될 거야. 이젠 됐어, 다 된 거야."

모두들 자기 생각만이 옳다고 떠들어 댑니다. 정말 지겹지도 않나 봐요.

요즈음은 독일군이 발표하는 뉴스나 영국의 BBC 방송만이 아니라 '특별 공습 경보'까지 듣는답니다. 이 정보는 희망적이기는 하지만 어떤 때는 실망도 줍니다.

　사람들은 식사할 때와 잠자는 시간을 빼고는 거의 모든 시간을 라디오 주위에 둘러앉아 있습니다. 우리에게 희망을 주는 것은 윈스턴 처칠의 연설이랍니다.

　그의 연설은 정말 훌륭해요.

1944년 3월 28일 화요일

키티,

　정치 이야기라면 아직도 많이 남았지만, 다른 이야기가 더 쌓였습니다. 첫째, 엄마가 내게 위층으로 올라가지 말라고 하셨답니다. 판 단 아주머니가 샘을 낸다는 거예요. 둘째, 페터가 언니에게, 위층에서 우리와 함께 지내자고 말했습니다. 말로만 그런 것인지, 정말 같이 있고 싶어서 그런 것인지 모르겠습니다. 셋째, 내가 아빠한테 판 단 아주머니가 샘을 내는 것에 신경을 써야 하는지 물어보았습니다. 아빠는 그럴 필요가 없다고 말씀하셨습니다.

　다음 소식은 뭔지 아세요? 엄마의 기분이 좋지 않답니다. 엄마도 샘이 나는 건 아닌지 몰라요. 아빠는 우리가 사이좋게 지내는 것이 좋다고 하셨습니다.

　언니는 페터를 좋아하지만, 둘은 몰라도 셋이 친구가 되는 건 어렵다고 생각하는 것 같습니다.

엄마는 페터가 나를 사랑한다고 생각하십니다. 정말 그랬으면 좋겠습니다. 그럼 우리는 서로를 좀 더 잘 이해하게 될 테니까요.

1944년 3월 29일 수요일

키티.

볼케슈타인 하원 의원이 런던에서 네덜란드 뉴스 시간에 연설을 했는데, 전쟁이 끝나면 전쟁 중에 쓴 일기나 편지를 모아야 한다고 말했답니다. 그럼 모두 내 일기를 달라고 몰려들 거예요.

내가 만일「은신처」라는 제목으로 연애 소설을 써서 책으로 만들면 어떨까 상상해 보세요. 사람들은 제목만 보고 추리 소설인 줄 알 거예요. 하지만 정말 전쟁이 끝나고 10년쯤 지나서 우리 유대인들이 이곳에서 어떻게 살았고, 무슨 음식을 먹고, 무슨 이야기들을 했는지 이야기한다면 재밌을 거예요. 당신에게 많은 이야기를 들려주었지만, 당신이 아직도 모르는 것들이 너무나 많습니다.

1944년 3월 31일 금요일

키티.

아직도 날씨는 꽤 춥지만, 많은 사람들이 벌써 한 달째 석탄 없이 지내고 있습니다. 사람들은 다시 러시아 전선에 희망을 걸고 있습니다. 그것은 정말 굉장한 일이거든요. 당신도 잘 알다시피 난 정치에 대한 이야기는 싫어하지만, 오늘은 어떻게 돌아가는지 이야기하겠습니다.

러시아군이 폴란드 국경까지 들어가서 루마니아 근처에 있는 프루트강 가까이 왔습니다. 우리는 저녁마다 스탈린의 특별 성명을 기다리고 있답니다.

헝가리는 독일군에게 점령당했습니다. 그곳에는 아직 백만 명이나 되는 유대인이 살고 있는데, 끔찍한 일을 당하게 될 거예요.

페터와 나는 정말로 좋은 친구랍니다. 우리는 많은 시간을 함께 보내며, 상상력을 총동원해서 이야기를 주고받습니다. 조금 거북한 문젯거리가 나와도 다른 남자애들과 이야기할 때처럼 쑥스러워하지 않아도 되어서 참 좋아요. 예를 들어, 피에 대해 이야기를 하다가 생리 이야기까지 나왔습니다. 페터는 여자는 참 괴로울 거라고 말하였습니다. 하지만 사실은 조금도 그렇지 않답니다.

내 생활은 많이 좋아졌습니다. 하느님은 나를 혼자 있게 두지 않았습니다. 앞으로도 계속 그럴 거라고 믿고 있습니다.

평범한 여자는 싫어요

1944년 4월 4일 화요일

키티.

전쟁은 아주 먼 훗날에나 끝날 것 같고, 그건 마치 옛날 얘기처럼 현실의 일 같지가 않아, 내가 무엇 때문에 공부를 하는지도 잘 모르겠습니다. 만일 전쟁이 9월 전에 끝나지 않는다면, 나는 절대 학교에는 가지 않을 거예요. 다른 애들보다 2년이나 뒤쳐진다는 건 정말 싫습니다.

내 머릿속은 페터 생각으로 가득합니다. 꿈속에서도 페터를 본답니다. 토요일에는 몹시 슬펐습니다. 페터와 함께 있을 때 나는 울음을 꾹 참고 있었습니다. 그 뒤 판 단 아저씨와 레몬 펀치에 대해 떠들고 웃었지만, 혼자 있게 되자 큰 소리로 울고 싶어졌습니다. 그래서 나는 잠옷으로 갈아입고 마룻바닥에 꿇어앉아 기도를 했습니다. 어른들은 들으면 안 된다는 생각에 울음을 그치고, 나 자신에게 격려의 말을 하려고 애썼습니다.

"그래야지. 그렇게 할 거야, 나는……."

나는 이 말만을 되풀이했습니다.

웅크리고 있었기 때문에 몸이 뻣뻣해져서 나는 한동안 침대에 기대 가만히 있었습니다. 그러다가 10시 30분쯤 침대로 기어 올라갔습니다.

그래요. 이젠 괴로움이 사라졌습니다. 바보가 되지 않기 위해 나는 공부를 해야 합니다. 내 희망은 기자가 되는 것이랍니다. 기자가 되려면 공부를 열심히 해야 되겠죠?

나는 글을 쓸 수 있습니다. 내가 쓴 것 중에서 두 개쯤은 정말 훌륭해요. 또 '은신처' 생활에 대해 쓴 글에는 유머도 있고, 일기장에는 뛰어난 표현도 많이 있습니다. 하지만 내게 정말 글재주가 있는지는 모르겠습니다.

나는 훌륭한 사람이 되고 싶습니다. 엄마나 판 단 아주머니, 그리고 대부분의 여자들처럼 집안일만 하다가 다른 사람들의 기억에서 사라져 버리는 그런 인생은 살고 싶지 않아요.

나는 남편과 자식 외에 온몸을 바칠 수 있는 일을 찾고 싶어요. 내가 죽은 뒤에도 영원히 살아남을 수 있는 그런 일!

그런 의미에서, 나는 내 마음을 표현하여 스스로를 발전시킬 수 있도록 글을 쓸 수 있게 해 준 하느님께 감사를 드립니다.

글을 쓰고 있으면 나는 무엇이든 잊어버릴 수 있습니다. 슬픔은 사라지고 용기가 솟아납니다. 하지만 내가 정말 훌륭한 작품을 쓸 수 있을까요? 내가 기자나 작가가 될 수 있을까요?

그렇지만 나는 정말 글을 쓰고 싶으니까 꼭 성공할 거라고 생각합니다.

1944년 4월 6일 목요일

키티.

당신이 내 취미에 대해 궁금해할 것 같아 오늘은 그 이야기를 들려주겠습니다. 하지만 너무 많다고 놀라지는 마세요.

첫째는, 글을 쓰는 거예요. 취미라고 말할 수는 없지만요.

둘째는, 왕실 계보를 조사하는 일입니다. 내가 구할 수 있는 신문과 잡지 또는 책 같은 데서 프랑스, 독일, 스페인, 영국, 러시아, 오스트리아, 노르웨이, 네덜란드 등의 왕실 계보를 조사하고 있습니다. 벌써 오래전부터 전기나 역사책을 읽다가 계보에 대한 것이 나오면 공책에 적어 두었습니다. 어떤 때는 역사의 한 구절을 그대로 옮겨 놓기도 했기 때문에 자료가 꽤 많이 모아졌답니다.

셋째는, 역사 공부입니다. 아빠가 역사와 관련된 책들을 많이 사 주셨습니다. 도서관에 있는 책들을 모두 볼 수 있게 되는 날이 빨리 왔으면 좋겠습니다.

넷째는, 그리스 로마 신화에 대한 관심입니다. 이것에 관한 책도 제법 많이 가지고 있습니다.

그 밖에 영화배우와 가족들의 사진을 모으는 것도 좋아하고, 책에 대해서는 거의 열광적입니다. 시인이나 화가들의 전기에도 흥미가 있습니다. 앞으로는 음악에도 관심을 가져 볼까 생각 중이랍니다.

1944년 4월 18일 화요일

키티.

모든 것이 그런대로 좋습니다. 방금 아빠가 5월 20일 이전에 러시아와 이탈리아, 그리고 서부 전선에서 큰 공격이 있을 거라고 말씀하셨습니다. 하지만 난 이곳에서 나가게 될 것 같지 않아 불안합니다.

페터와 나는 어제 거의 열흘 동안이나 하지 못했던 이야기를 했습니다. 나는 그에게 여자아이에 대한 모든 것을 들려주었고, 비밀스러운 것까지 망설이지 않고 이야기해 주었답니다.

날짜는 정하지 않았지만, 조만간 내 일기장을 들고 가서 그와 좀 더 깊이 있는 이야기를 나눌 생각입니다.

길고 긴 겨울이 가고 아름다운 봄이 찾아왔습니다.

4월은 너무 덥지도 춥지도 않고, 가끔 가랑비가 내려 정말 멋지답니다. 뜰에 있는 밤나무 잎사귀는 벌써 짙은 초록으로 변했고, 여기저기 조그만 꽃들이 피기 시작했습니다.

엘리가 토요일에 수선화 세 다발과 히야신스 한 다발을 가져왔습니다. 엘리는 히야신스를 내게 주었습니다.

지금부터는 수학 공부를 해야 합니다.

아빠의 걱정

1944년 5월 2일 화요일

키티.

토요일 오후에 나는 우리의 일을 아빠께 말씀드려야 할지 페터에게 물어보았습니다. 페터는 말씀드리자고 했습니다. 난 기뻤습니다. 그가 정직한 소년이라는 것이 증명된 셈이었으니까요.

나는 아래층으로 내려가자마자 아빠와 함께 물을 가지러 갔다가 계단 위에서 이야기를 꺼냈습니다.

"아빠, 내가 페터와 함께 있을 때 꼭 붙어 앉아 있다면, 그건 잘못된 일인가요?"

아빠는 잠깐 동안 가만히 있다가 이렇게 말씀하셨습니다.

"아니, 잘못된 일은 아니야. 그렇지만 조심해야 한다, 안네야. 여긴 좁은 곳이니까."

위층에 올라가서도 아빠는 비슷한 말씀을 하셨습니다.

그런데 일요일 아침에 다시 나를 불러 말씀하시는 거예요.

"안네야, 네가 한 말에 대해 다시 한 번 생각해 보았다."

나는 속으로 뜨끔했습니다.

"그건 별로 좋지 않은 일이야. 난 너희들이 친한 친구 사이라고 생각했는데, 페터가 널 사랑한다고 했니?"

"아니에요. 그런 일은 없었어요."

"너도 알고 있겠지만, 난 너희들을 이해한단다. 하지만 페터한테 너무 자주 가지는 마라. 다른 남자 친구나 여자 친구를 자유롭게 만날 수 있고, 외출도 하고 놀이도 할 수 있는 환경이라면 모르지만, 여기서는 거의 하루 종일 얼굴을 볼 수밖에 없잖니. 그러니 안네야, 조심해야 한다. 그리고 그런 일은 너무 심각하게 생각하지 않는 게 좋아."

"네, 그렇게 하겠어요. 하지만 페터는 참 좋은 아이예요."

"그래, 페터는 좋은 아이다. 하지만 페터는 연약해. 좋은 일이든 나쁜 일이든 영향을 받기 쉽지. 난 그 애가 언제까지나 착한 아이로 남길 바란다."

아빠는 나와 조금 더 이야기를 한 다음, 페터에게도 이야기하겠다고 하셨습니다.

1944년 5월 3일 수요일

키티.

먼저 지난주의 뉴스예요. 정치 뉴스는 없습니다.

나도 이제는 연합군의 상륙 작전이 점점 가까워지고 있다는 것을 믿게 되었습니다. 연합군은 소련이 모든 걸 다 차지하도록 보고 있지만은 않을 테니까요. 그렇지만 지금은 아무 공격도 하지 않고 있습니다.

우리는 토요일부터 식사 시간을 바꿔 11시 반에 아침 겸 점심을 먹는답니다. 죽 한 그릇으로 때워야 하니까 한 끼를 절약하는 셈이지요. 채소는 정말 구하기가 힘듭니다. 지금 채소라고는 상추와 시금치밖에 없답니다. 거기다가 반쯤 썩은 감자를 곁들여 먹지요.

우리는 가끔 절망적으로 묻곤 합니다.

"도대체 전쟁이란 무엇일까? 왜 인간은 서로 평화롭게 살 수 없을까? 무엇 때문에 계속 파괴를 해야 하는 걸까?"

하지만 아무도 만족스러운 대답을 못 합니다. 왜 인간은 복구를 위한 조립식 집을 만들면서, 다른 한쪽에서는 더 큰 비행기나 탱

크를 만들어 낼까요? 왜 전쟁을 위해서는 어마어마한 돈을 쓰면서
도 의료 시설이나 예술가나 가난한 사람들을 위해서는 한 푼도 쓰
지 않을까요?

식량이 남아도는 곳도 있다는데, 왜 굶어 죽는 사람이 있을까
요? 아, 인간들은 왜 이렇게 미치광이 같을까요?

나는 이따금 시무룩해질 때도 있지만 결코 절망은 하지 않습니
다. 나는 이 '은신처' 생활이 무시무시한 모험이라고 생각합니다.
또 낭만적이고 재미도 있다고 생각해요.

일기 속에서도 나는 우리의 고통스러운 생활을 재미있게 쓰고

있습니다. 나는 다른 여자아이들과는 다릅니다. 어른이 되어서도 평범한 가정 주부들과는 다르게 살려고 마음먹고 있답니다.

나는 이미 흥미로운 출발을 했습니다. 가장 위험한 순간에도 내가 밝은 면을 보고 웃을 수 있는 것은 그 때문이랍니다.

나는 아직 어리고 숨어 있는 소질도 많습니다. 젊고 건강하며 커다란 모험 속에서 살고 있습니다. 나는 아직도 커 가고 있으니까 하루 종일 불평만 하고 지낼 수는 없습니다.

나는 명랑하고 강한 성격을 지니고 있어요. 나는 나 자신이 정신적으로 커 가고 있고, 해방이 가까워지고 있다는 것을 느낍니다. 또한 자연이 얼마나 아름다운지, 이 모험이 얼마나 재미있는 것인지도 날마다 느끼고 있답니다. 주위 사람들도 모두 친절합니다. 그런데 내가 절망할 필요가 있을까요?

1944년 5월 5일 금요일

키티.

아빠는 나에게 화가 나 있습니다. 일요일에 나와 대화를 나누었기 때문에, 내가 저녁마다 페터 방으로 가지 않으리라고 생각하셨던 모양이에요.

아빠는 내가 싫어하는 '껴안고 있다.'라는 말을 쓰지 않으려고 무척 애를 쓰십니다. 그런 일로 이야기를 하는 것부터가 기분 좋은 일이 아닌데, 아빠는 왜 문제를 더 불쾌하게 만들려고 할까요? 오늘 아빠한테 이야기를 할 생각입니다. 언니가 내게 좋은 방법을 가르쳐 주었어요. 들어 보세요.

"아빠, 아빠는 제가 무슨 말이라도 하기를 바라시니까 말씀드리겠습니다. 아빠는 제가 좀 더 조심하기를 바라셨기 때문에 실망하시는 거예요.

아빠는 제가 열네 살 소녀답게 행동해 주었으면 하시지만, 그건 잘못이라고 생각합니다. 이곳으로 오고 나서부터 바로 몇 주일 전까지 저는 하루도 마음 편한 날이 없었습니다.

제가 밤마다 얼마나 많이 울고 슬퍼하고 또 외로워했는지 아빠가 아셨더라면 제가 다락방에 가는 걸 이해하셨을 거예요. 저는 이제 엄마나 다른 사람들이 도와주지 않아도 스스로 살아갈 수 있습니다.

그건 어느 날 갑자기 그렇게 된 게 아니에요. 독립된 정신을 갖게 되기까지 저는 무척 많이 고민하고 울었습니다. 아빠가 저를 비웃거나 믿지 않으셔도 좋아요. 전 이제 독립된 인간이고, 집안 식구 누구에 대해서도 책임을 느끼지 않습니다.

제가 이런 말씀을 드리는 것은 아빠가 절 음흉한 아이라고 생각하지나 않으실까 해서예요. 하지만 다른 사람한테 자기의 생각이나 행동을 일일이 설명할 필요는 없다고 봅니다.

제가 괴로워할 때 저를 위로해 주는 사람은 없었습니다. 오히려 너무 시끄럽게 굴지 말라고 꾸지람만 했습니다.

저는 그 괴로움을 잊으려고 어리광을 부리고, 쉴 새 없이 부르짖는 제 마음의 소리를 듣지 않으려고 장난을 쳤습니다. 일 년 반 동안 매일 웃기는 연극을 해 온 것 같습니다.

전 불평만 늘어놓지 않고 제가 할 일은 다 했습니다. 이제 싸움은 끝났고, 저는 이겼습니다. 저는 몸과 마음이 모두 독립된 인간이 되었어요. 저는 제 마음의 투쟁으로 강해졌기 때문에 더 이상 엄마한테 기대지 않아도 됩니다.

저는 제가 생각하는 길, 제가 옳다고 생각하는 방향으로 나아가고 싶습니다. 아빠, 저를 더 이상 열네 살짜리 소녀로만 보지 마세요. 왜냐하면 저는 그동안 너무도 많은 괴로움을 겪어 제 나이보다 훨씬 더 어른스러워졌기 때문입니다.

아빠는 저를 타이를 수는 있어도 제가 다락방에 가는 것을 막지는 못할 거예요. 아빠가 절 조금이라도 믿으신다면 절 그냥 내버려 두세요."

1944년 5월 6일 토요일

키티,

나는 어제 당신에게 이야기했던 것을 편지로 써서, 저녁 식사를 하기 전에 아빠 주머니에 넣어 두었습니다.

언니 말을 들으니까, 아빠는 그 편지를 읽고 저녁 내내 우울해하셨답니다. 가엾은 아빠! 그 편지를 읽고 아빠가 얼마나 걱정을 하셨을지 상상이 됩니다. 나는 페터에게 아무 말도 하지 말고 아무것도 묻지 말라고 했습니다.

아빠는 그 문제에 대해 이젠 아무 말씀도 하지 않으십니다.

1944년 5월 7일 일요일

키티,

어제 오후에 아빠와 오랫동안 이야기를 했습니다. 나는 많이 울었습니다. 아빠도 같이 우셨답니다. 아빠가 뭐라고 말씀하셨는지 아세요? 이런 말씀을 하셨습니다.

"이제까지 많은 편지를 받았지만 그렇게 기분 나쁜 편지는 처음이었어. 안네야, 엄마와 나는 너를 그처럼 귀여워하고, 또 언제나 위로하고 감싸 주려고 했는데, 우리에게 조금도 책임을 느끼지 않는다고 말할 수 있는 거냐? 넌 푸대접을 받고 있다고 생각하지만,

절대 그렇지 않아. 넌 우리를 오해하고 있어. 네 진심은 그게 아니었겠지만 편지에는 그렇게 씌어 있더구나. 우리는 그렇게 비난받을 만한 일은 하지 않았어, 안네야."

아, 나는 정말 큰 실수를 하고 말았습니다. 그것은 내가 지금까지 한 일 중에서 제일 나쁜 것이었습니다. 나는 아빠가 나를 소중히 여겨 주시도록, 아빠에게 나를 훌륭하게 보이려고 울면서 연극을 꾸민 거예요. 물론 슬픈 일이 많았던 건 사실이지만, 아빠는 나를 위해 무엇이든 해 주셨고, 지금도 그렇게 해 주시는데 비난을 하다니요. 아빠 마음이 얼마나 아팠을까요.

나는 그동안 지나치게 우쭐해했습니다. 그러니 내 자존심이 얼마쯤 흔들리게 된 것은 다행스러운 일입니다. 내가 하는 행위들이 모두 옳다고는 할 수 없습니다. 자기가 사랑하는 사람을 일부러 슬프게 한 것은 너무 비겁한 짓이에요.

아빠는 내 잘못을 따뜻하게 용서해 주셨습니다. 그래서 나 자신이 더욱 부끄럽습니다. 아빠는 내 편지를 태워 버리셨다면서, 자신이 나쁜 일이라도 한 것처럼 다시 정답게 대해 주셨습니다.

나는 아직도 배워야 할 것이 많습니다. 우선 다른 사람들을 얕보고 비난하는 것부터 고쳐야 합니다.

내게는 슬픈 일이 많았습니다. 하지만 나만 한 나이에 그런 경

험도 없는 사람이 있을까요? 나는 가끔 어릿광대짓도 했지만, 그
것을 거의 느끼지 못했습니다. 나는 무척 외로웠지만 사실 절망한
적은 없습니다.

　나는 스스로 부끄러움을 느껴야 해요. 그리고 무척 부끄럽습니
다. 한 번 저지른 일은 어쩔 수가 없지만, 두 번 다시 똑같은 일을
되풀이하지 않을 수는 있습니다. 나는 처음부터 다시 시작하려고
합니다. 지금 내게는 페터가 있으니까 어렵지 않을 거예요.

　반드시 다시 시작하겠습니다. 이제 나는 더 이상 혼자가 아닙니
다. 그는 나를 사랑하고, 나도 그를 사랑하니까요. 나는 아빠를 본
받아 나 자신을 고쳐 나가려고 합니다.

고통은 계속되고

1944년 5월 9일 화요일

키티,

지금 막 '요정 엘렌' 이야기를 끝냈습니다. 재미있기는 하지만 아빠의 생일 선물로는 부족하지 않을까 걱정이 됩니다. 언니와 엄마는 아빠를 위해 시를 지었답니다.

오후에 크라렐 씨가 반갑지 않은 소식을 가지고 왔습니다. 회사 홍보를 담당하고 있는 부인이 매일 오후 2시에 아래층 사무실에서 점심을 먹고 싶다고 했대요.

생각 좀 해 보세요. 그렇게 되면 우리는 또 엄청난 신경을 써야 합니다. 마음대로 화장실도 갈 수 없게 되는 거예요.

모두 그 부인을 오지 못하게 할 좋은 방법이 없을까 궁리를 했답니다. 판 단 아저씨가 커피에 설사약을 타 주는 건 어떠냐고 하였습니다. 그러자 코프하이스 씨가 목소리를 높여 반대했습니다.

"그건 안 돼! 그러면 상자에서 나올 수 없을 테니까!"

우리는 모두 큰 소리로 웃었습니다. 그런데 판 단 아주머니가 어리둥절한 표정으로 물었어요.

"상자라니, 그게 뭐예요?"

그래서 내가 화장실을 가리키는 것이라고 말해 주었습니다.

"그걸 상자라고 하면 누가 알아듣겠어?"

투덜거리는 아주머니의 표정은 마치 바보 같았답니다.

아, 키티! 오늘은 정말 아름다운 날씨예요. 밖으로 나갈 수 있다면 얼마나 좋을까요.

1944년 5월 25일 목요일

키티.

날마다 새로운 일이 생기네요. 오늘 아침, 우리에게 채소를 배달해 주던 가게 주인이 유대인 두 명을 숨겨 주었다고 해서 체포되었습니다. 가엾은 그 유대인들과 채소 가게 주인이 어떻게 될지 모르겠습니다. 우리는 그 사건으로 큰 충격을 받았습니다.

세상이 뒤죽박죽되어 훌륭한 사람들은 수용소나 감옥에 갇히고, 나쁜 사람들이 국민을 지배하고 있습니다.

암시장에서 잡혀가는 사람도 있고, 유대인이나 지하 운동 하는 사람들을 도와주었다고 체포되는 사람도 있습니다.

가게 주인이 체포된 것은 우리에게도 큰 피해를 주었습니다. 미프 아주머니나 엘리가 더 이상 우리 몫의 감자를 구할 수 없게 되었으니까요. 이제 우리는 먹는 양을 줄이는 수밖에 없습니다.

엄마는 우리에게, 아침 식사는 거르고 점심은 죽과 빵을, 저녁은 감자 튀김을, 그리고 일 주일에 한두 번은 상추 같은 채소를 먹자고 하셨습니다. 앞으로는 모두 배가 고프겠지만, 그래도 발각되어 끌려가는 것보다는 나을 거예요.

1944년 5월 26일 금요일

키티,

이제야 조용한 창가에 앉아 이야기할 수 있게 되었습니다. 나는 아주 슬퍼요. 이런 기분을 느끼는 건 몇 달 만에 처음입니다.

가게 주인이 잡혀간 일과 유대인 문제, 자꾸 늦어지기만 하는 상륙 작전, 초라한 음식, 비참한 분위기, 페터에 대한 실망이 내 마음을 아프게 합니다. 그와 함께 엘리의 약혼, 크라렐 씨의 생일, 예쁜 케이크, 영화, 음악회 등이 겹쳐 머릿속이 복잡합니다.

우리는 어떤 날은 즐거운 일을 생각하며 웃고 지내다가도, 다음 날이 되면 겁이 나서 불안에 사로잡히고 절망에 빠지기도 합니다.

미프 아주머니와 크라렐 씨는 숨어 사는 우리 여덟 명을 돌봐 주어야 하는 무거운 짐을 지고 있습니다. 미프 아주머니는 자기가 할 수 있는 일은 모두 한답니다. 크라렐 씨는 너무 무거운 책임 때문에, 신경이 예민해지고 너무나 지쳐 말도 제대로 못 할 때가 있습니다.

코프하이스 씨와 엘리도 우리를 잘 돌봐 주고 있지만 그들은 몇 시간 또는 하루 이틀 정도는 우리를 잊을 수도 있습니다. 코프하이스 씨는 자신의 건강에 대해, 엘리는 마음에 들지 않는 약혼에 대해 걱정을 합니다.

이곳에서 생활한 지도 벌써 2년이 지났습니다. 앞으로 얼마나 더 견디기 힘든 이 생활을 해야 할까요?

채소 가게 주인이 체포되어 모든 사람들의 신경이 날카로워졌습니다. '쉬, 쉬' 하는 소리에 마음대로 하품도 할 수 없는 지경입니다. 우리는 모든 행동을 조심합니다. 만일 경찰이 문을 열고 들이닥친다면……. 아니 이런 말은 쓰지 않겠습니다. 하지만 오늘은 그런 불안감이 사라지지 않습니다. 내가 이제까지 경험한 모든 공포가 한꺼번에 몰려올 것 같아 견딜 수가 없습니다.

우리가 이곳으로 들어오지 않았으면 어떻게 되었을까 생각할 때도 있습니다. 그럼 지금쯤 죽었을 테고, 이런 비참한 고통은 겪지 않았겠지요. 또 우리 보호자들을 괴롭히지도 않았을 거예요. 하지만 그런 생각은 곧 지워 버립니다. 왜냐하면 우리는 아직 살아 있고, 자연의 소리를 잊지 않았고, 또 모든 것에 희망을 갖고 있으니까요.

무슨 일이든지 하루 빨리 일어났으면 좋겠습니다. 폭격이라도 말입니다. 이 세상에 불안한 마음처럼 견디기 어려운 것은 없을 거예요. 차라리 모든 것이 끝나 버리면, 그때는 이기든 지든 우리가 어떻게 될지 알 수 있을 테니까요.

1944년 6월 5일 월요일

키티,

또 말다툼이 일어났습니다. 듀셀 아저씨와 우리 부모님 사이에 말이에요. 버터 때문에 싸우셨는데, 결국 듀셀 아저씨가 지고 말았습니다.

판 단 아주머니와 듀셀 아저씨는 요즈음 사이가 좋아졌습니다. 장난도 하고 다정하게 웃기도 합니다.

제5군이 로마를 점령했습니다. 연합군의 육군과 공군이 가능한 한 파괴를 하지 않으려고 노력해서 로마는 큰 피해가 없었답니다.

채소도 감자도 모자랍니다. 날씨도 계속 흐렸습니다.

상륙 작전 개시!

1944년 6월 6일 화요일

키티,

"오늘이 디데이입니다."

영국 방송이 발표했습니다. 드디어 기다리고 기다리던 상륙 작전이 시작된 거예요. 영국 방송은 오늘 아침 8시에 이 뉴스를 자세히 보도했습니다. 칠레, 볼로냐, 르아브르, 셰르부르, 그리고 도버 해협 등에 맹렬한 폭격이 퍼부어지고 있다는 거예요. 점령 지역에 대한 안전 조치로, 해안에서 35킬로미터 안에 살고 있는 사람들은 모두 피난하라는 경보가 내려졌습니다. 영국군은 어떤 지역을 폭격하기 한 시간 전에 되도록 전단을 뿌린다고 합니다.

독일 방송에서는 영국의 낙하산 부대가 프랑스 해안에 상륙했다고 발표했고, 영국 BBC 방송은 영국의 상륙 부대가 독일 해군과 전투 중이라고 발표했습니다.

우리는 아침 식사를 하면서 상륙 작전에 대한 이야기를 나누었습니다. 이번에도 2년 전의 디에프 상륙 작전처럼 시험적으로 해 보는 것은 아닐까요?

10시에 영국 방송은 독일어, 네덜란드어, 프랑스어, 또 그 밖의 외국어로 '상륙 작전이 시작되었습니다!'라고 발표했습니다. 진짜로 상륙 작전이 시작된 거예요.

11시에 영국 방송은 연합군 최고 사령관인 아이젠하워 장군의 연설을 독일어로 내보냈습니다.

12시에는 영국 방송이 뉴스 도중에 아이젠하워 장군이 프랑스 국민에게 보내는 성명을 발표하였습니다.

"오늘은 디데이입니다. 곧 격렬한 전투가 벌어질 것이고, 우리는 승리할 것입니다. 1944년은 완전한 승리의 해입니다. 여러분의 행운을 빕니다."

영국 방송은 1시 영어 뉴스에서 다음과 같이 보도했습니다.

"1만 1천 대의 비행기가 끊임없이 오가며 군대를 수송하고 적의 후방을 공격하고 있습니다. 4천 척의 상륙용 보트와 소형 함정이 군대와 물자를 셰르부르와 르아브르로 쉴 새 없이 운반하고 있습니다. 영국군과 미국군은 이미 맹렬한 공격을 시작했습니다."

벨기에 수상, 노르웨이 국왕, 프랑스의 드골 장군, 영국 국왕, 마지막으로 처칠 수상의 연설이 방송되었습니다.

'은신처'는 흥분에 휩싸였습니다. 그토록 오랫동안 참고 기다리던 자유가 드디어 찾아오는 것일까요? 올해 안으로 우리는 이기게 될까요?

아직은 알 수 없지만 희망이 다시 찾아왔고, 우리는 새로운 용기와 힘을 얻었습니다. 희망이 다가오고 있습니다.

1944년 6월 9일 금요일

키티,

굉장한 뉴스가 있습니다. 연합군이 프랑스 해안의 조그만 마을인 베이유를 점령하고, 지금은 카엔을 공격하고 있답니다. 셰르부르가 있는 반도를 차단하려는 것 같습니다.

매일 밤 종군 기자들이 연합군의 노고와 용기, 사기에 대해 알려주고 있습니다. 벌써 영국으로 보내진 부상병들과의 인터뷰도 방송되고 있습니다.

BBC 방송에 의하면, 처칠 수상은 디데이에 군대와 함께 상륙하

려고 했답니다.

하지만 아이젠하워와 그 밖의 다른 장군들이 말려서 그만두었다는 거예요. 생각해 보세요. 일흔 살의 할아버지에게 그런 용기가 있다니, 정말 대단한 사람이지요?

'은신처' 사람들의 흥분은 조금 가라앉았습니다. 하지만 우리는 여전히 전쟁이 올해 안에 끝날 것이라는 희망을 갖고 있습니다.

1944년 6월 13일 화요일

키티,

어제, 생일을 맞은 나는 이제 열다섯 살이 되었습니다. 여러 사람에게 선물을 꽤 많이 받았습니다. 엄마와 아빠는 슈프링거의 다섯 권짜리 책『미술사』, 속옷 한 벌, 손수건, 요구르트 두 병, 잼 한 병, 케이크, 식물학책 한 권을 주셨고, 언니는 두 줄짜리 팔찌를, 판 단 아저씨와 아주머니는 책 한 권을, 듀셀 아저씨와 미프 아주머니와 엘리는 달콤한 완두콩과 과자와 연습장을 주었답니다.

제일 마음에 드는 것은 크라렐 아저씨가 준 치즈 세 쪽과『마리아 테레사』라는 책입니다. 페터는 아름다운 모란꽃 한 다발을 주었습니다. 그는 더 좋은 선물을 주려고 애를 썼지만, 결국 마음에 맞는 것을 고르지 못했나 봐요.

끊임없이 강풍이 몰아쳐 파도가 거칠지만 연합군이 계속 이기고 있다는 소식입니다. 어제는 처칠과 아이젠하워, 아놀드 장군이 해방된 프랑스 마을을 방문했답니다. 처칠 수상이 탄 어뢰정은 해안을 폭격했습니다. 처칠은 정말 무서움을 모르는 모양입니다. 정말 부러워요.

한 달에 한 번 하는 생리가 두 달이나 없어서 걱정이었는데, 토요일에 다시 시작되었습니다. 짜증이 나고 귀찮기는 해도 다시 찾아와서 기쁩니다.

1944년 6월 15일 목요일

키티,

요즈음에는 자연의 모든 것이 미칠 듯 그립습니다. 그건 아마 오랫동안 밖에 나가 보지 못해서일 거예요.

푸른 하늘과 새들의 노랫소리와 달빛과 꽃들을 봐도 아무런 느낌도 받지 못하던 때가 있었다는 걸 기억하고 있습니다. 하지만 이곳에 온 후로 나는 완전히 달라졌습니다.

성령 강림절 때는 그렇게 더웠는데도 달빛이 너무 밝아 창문을 열 수가 없었습니다.

몇 달 전 일입니다. 위층으로 올라갔는데 창문이 열려 있었습니다. 창밖을 내다본 나는 차마 아래층으로 내려갈 수가 없었습니다. 폭풍우가 사납게 몰아치는 어두운 밤이었는데, 시커먼 구름이 쏜살같이 지나가는 광경이 너무 멋져서 움직일 수가 없었답니다. 밤하늘을 본 것은 이곳으로 오고 1년 반 만에 처음이었습니다.

그날 밤 이후 다시 한 번 밤하늘을 보고 싶다는 간절한 희망은 도둑이나 쥐, 폭격에 대한 공포보다 더 강했습니다. 나는 혼자서 2층으로 내려가 부엌이나 전용 사무실의 창문으로 밖을 내다보았습니다.

자연을 사랑하는 사람은 많습니다. 가끔 집 밖에서 자는 사람들도 있고요. 감옥이나 병원에 있는 사람들은 자연의 아름다움을 다시 즐길 날을 기다릴 거예요.

그렇지만 부자든 가난한 사람이든 누구에게나 주어지는 자연의 아름다움으로부터 우리처럼 떨어져 있는 사람은 아마 없을 거예요. 하늘과 구름, 달과 별 등을 바라보면 마음이 고요해지고 참을성이 많아진다고 생각하는 사람은 나 혼자만이 아닐 겁니다. 그것은 보약보다도 더 효과 좋은 약입니다. 모든 것의 어머니인 자연은 우리를 겸손하게 하며, 어떤 고난 속에서도 용감하게 버틸 수 있도록 도와줍니다.

아, 그렇지만 나는 아주 특별한 경우를 빼놓고는 먼지 낀 창에 걸려 있는 그물 커튼을 통해서만 자연과 만날 수 있답니다. 이런 것을 통해 바라보는 일은 즐겁지 않습니다. 왜냐하면 자연이야말로 유일하게 순수한 것이어야 하니까요.

1944년 6월 23일 금요일

키티.

이곳은 특별하게 달라진 것이 없습니다. 영국군은 셰르부르에 대규모 공격을 시작했습니다.

아빠와 판 단 아저씨는 10월 10일까지는 우리도 틀림없이 자유의 몸이 될 거라고 말씀하셨습니다. 러시아도 작전에 참가하여 어제 비데부스크 부근에서 공격을 시작했습니다. 독일군이 공격해 들어온 지 꼭 3년 만이랍니다.

이제는 감자도 거의 구할 수 없게 되었습니다. 앞으로 몇 개나 남았는지 세어 보기로 했답니다. 그러면 자기 몫이 얼마나 남았는지 알게 될 거예요.

1944년 6월 27일 화요일

키티,

전투 상황이 아주 좋아지고 있습니다. 셰르부르, 비데부스크, 슬로베니아가 연합군의 손으로 넘어와 포로와 전리품이 많이 들어왔답니다.

영국군은 상륙 작전이 시작되고 불과 3주 만에 코텐틴 반도를 완전히 점령했습니다. 항구를 손에 넣었기 때문에 이젠 군대와 군수 물자를 마음대로 들여올 수 있답니다.

디데이가 시작되고 나서 이곳이나 프랑스에 하루도 비바람이 그치지 않았지만, 영국군과 미국군은 공격을 늦추지 않았습니다. 독

↑1945년 4월, 안네와 마르고트 프랑크가 숨을 거둔 수용소 베르겐벨젠 (1943~1945년). 해방 후 장티푸스의 확산을 막기 위해 그곳에 불을 질렀다.

→ 아더(손을 들어 답례하고 있는 사람)는 1940년, 히틀러에게 네덜란드 소재 나치스 장관으로 임명되었다. 그 옆 검은 옷을 입은 사람이 무세르트이다.

일군이 자랑하는 비밀 무기도 큰 활약을 하고 있습니다. 그렇지만 독일 신문들이 시끄럽게 떠들어 대는 만큼 영국군에 피해를 입히지는 못할 것 같습니다.

군대에 들어가지 않은 독일 여자들은 아이들과 함께 여기 네덜란드의 그로니겐, 프리슬란트, 겔더란트 같은 곳으로 피난을 온답니다.

그런데 네덜란드의 국가 사회주의당 총재인 나치 협력자 무세르트는, 연합군이 이곳까지 오면 자기도 군복을 입겠다고 성명을 발표했습니다. 그 노인이 정말로 싸움을 하겠다는 걸까요?

얼마 전에 핀란드는 평화 협상을 거부해서, 협상이 또 한 번 깨져 버렸습니다. 핀란드는 나중에 바보 같은 짓을 했다고 후회하게 될 거예요.

두 사람의 안네

1944년 7월 6일 목요일

키티.

페터는 요즈음 자기는 범죄자나 도박꾼이 될지도 모르겠다는 소리를 자주 합니다. 그런 말을 들을 때마다 나는 무서운 생각이 듭니다. 물론 농담이겠지만, 페터는 자기 성격이 약하다는 것에 겁을 내고 있다는 느낌이 들었습니다.

언니나 페터는 자주 이렇게 말하곤 합니다.

"만일 내가 안네처럼 강한 성격과 용기를 가졌다면……, 안네처럼 분명한 희망이 있다면……, 안네처럼 끈기가 있다면……."

다른 사람의 영향을 받지 않는 것이 좋은 일일까요? 자기 마음이 시키는 대로 따르는 것이 좋은 것일까요? 가끔씩 나는 그런 것에 많은 의문을 가진답니다.

'나는 약해!' 하고 그대로 주저앉아 버린다는 건 도저히 상상할 수가 없습니다. 자신이 약하다는 걸 안다면 왜 강하게 만들려고 노력하지 않을까요? 언니와 페터는 또 이렇게 얘기합니다.

"가만히 있는 게 더 편하니까."

그 대답에 나는 실망했습니다. 편하다고요? 그것은 게으르고 거짓으로 채워진 생활이 편하다는 뜻이 아닐까요? 아니에요. 그럴 리가 없습니다. 그래서도 안 됩니다.

나는 페터에게 무슨 말을 해 주면 가장 좋을까 생각했습니다. 어떻게 하면 자신감을 갖게 할 수 있을까, 특히 어떻게 자기 자신을 발전시키도록 도와줄 수 있을까에 대해 곰곰이 생각했습니다. 하지만 내 생각이 정말 옳은지 어떤지는 잘 모르겠습니다.

페터는 요즈음 부쩍 내게 의지하려는 것 같습니다. 그건 옳은 일이 아니라고 생각해요. 자기 주장이 있는 진짜 인간으로 서기 위해서는 남에게 의지하려는 마음부터 버려야 한다고 생각합니다. 그렇지 않으면 여러 가지 곤란한 문제에 부딪혔을 때 올바른 길을 찾기가 두 배나 힘들기 때문입니다.

우리들은 살고 있습니다. 그렇지만 왜 무엇 때문에 살고 있는지는 모릅니다.

우리들은 행복해지고 싶다는 목적을 가지고 살고 있습니다. 서로 생활은 다르지만 목적은 같습니다. 우리 세 사람은 좋은 환경에서 자랐습니다. 배울 기회를 가졌고, 무엇인가를 달성할 가능성도 있고, 행복을 기대할 만한 이유도 있습니다. 하지만 한 가지, 우리는 스스로의 힘만으로 그것을 이루지 않으면 안 됩니다.

그것은 쉬운 일이 아닙니다. 행복을 얻기 위해서는 게으름을 피우면 안 됩니다. 좋은 일을 해야 해요. 편한 것이 겉으로는 멋지게 보일지 모르지만, 진정한 만족은 일을 통해서만 얻을 수 있다고 생각합니다.

나는 일을 싫어하는 사람들을 이해할 수 없습니다. 물론 페터가 일을 싫어한다는 것은 아닙니다. 목표가 정해지지 않았을 뿐이에요. 그는 자신이 너무 못나서 아무것도 할 수 없다고 생각한답니다. 그가 불쌍해요. 그는 다른 사람들을 행복하게 하는 것이 얼마나 기분 좋은 것인지 모른답니다. 하지만 나는 그것을 어떻게 일러 줘야 할지 알 수가 없습니다.

페터는 하느님을 믿지 않습니다. 그래서 예수님을 비웃고 하느님의 이름을 빌려 욕을 합니다. 나도 하느님을 진실되게 믿는 것은 아니지만, 신앙심이 없고 신을 경멸하는, 마음이 가난한 그를 볼 때마다 슬퍼진답니다.

종교는 우리에게 올바른 길을 걷게 합니다. 그건 하느님이 무서워서가 아니라 자신의 명예와 양심을 지키게 하는 길이기 때문입니다.

매일 밤 자기 전에 그날 한 일을 떠올리며, 어떤 것이 옳았고 옳지 않았는가를 반성하는 건 얼마나 보람되고 좋은 일입니까? 그렇게 하면 자기도 모르는 사이에, 다음 날부터 더 나아지기 위해 노력할 것입니다. 아직도 이것을 깨닫지 못한 사람은 '조용한 양심은 사람을 강하게 한다.'는 사실을 경험으로 배우고 발견해야 할 것입니다.

1944년 7월 15일 토요일
키티.

도서관에서 『현대의 젊은 여성을 어떻게 생각하는가?』라는 도전적인 제목의 책을 빌려 왔습니다. 오늘은 그 책에 대한 이야기를 하겠습니다.

이 책을 쓴 작가는 '오늘의 젊은이'를 머리끝에서 발끝까지 비판하면서도, 모든 젊은이들이 무엇 하나 제대로 못 하는 존재는 아니라고 합니다. 오히려 젊은이들이 하려고만 든다면 더 크고, 더 아름답고, 더 좋은 세상을 만들 수도 있다고 말하고 있습니다. 단지 그들이 참된 아름다움이 아닌, 겉으로 드러나는 거짓 아름다움에 쉽게 빠져들기 때문에 안 된다는 것이지요.

책을 읽어 내려가다가 꼭 나를 비난하는 듯한 구절을 찾았습니다. 그래서 내 모습을 당신한테 솔직히 드러내 보이고 그 공격에 대해 나 스스로를 변호해 볼까 합니다.

나한테는 좀 두드러진 성격이 있습니다. 오랫동안 나를 지켜본 사람들은 알 거예요. 그건 마치 다른 사람들이 보듯 내가 나를 본다는 겁니다. 다른 사람의 입장에 서서 그날그날 내가 한 행동을 떠올리며 무엇이 좋고 무엇이 나쁜지 생각하는 거죠.

이 '자의식'은 끊임없이 나를 따라다닙니다. 뭔가를 이야기하고 나서는 곧 '그렇게 말하는 것이 아니었어.'라거나 '그것이 정말 옳았을까?' 하고 비판합니다. 스스로 나를 비판하는 게 많아, 일일이 이야기하는 것도 힘이 들 정도예요.

요즈음은 '모든 아이들은 스스로 자라야 한다.'고 하신 아빠의 말씀이 옳다고 많이 생각한답니다. 부모님은 좋은 말씀을 해 주고 올바른 길로 나아가게 할 수는 있지만, 성격은 스스로 만들어 나갈 수밖에 없는 것이죠.

또 나는 용기가 있습니다. 어떤 일이라도 견뎌 낼 수 있을 만큼

강하고 자유롭고 젊다고 생각합니다. 그것을 처음으로 깨달았을 때 난 무척 기뻤답니다. 왜냐하면 어떤 어려움을 겪더라도 쉽게 굴복하지 않을 테니까요.

그런 이야기는 전에도 많이 했으니까, 이제 '엄마 아빠는 나를 이해하지 못한다.'는 생각에 대해 이야기하겠습니다. 엄마와 아빠는 나한테 다정하게 대해 주고, 보호해 주고, 부모가 해야 할 일은 모두 해 주셨습니다. 그런데도 난 아주 오랫동안 몹시 쓸쓸했고, 아무도 날 이해하지 못한다고 생각했습니다. 아빠는 나의 반항적인 행동에 대해 고민하고 고쳐 주려고 노력했지만 효과가 없었습니다.

나는 스스로 내 행동에 대해 반성하고, 그것을 고쳐 나가려고 많은 노력을 했습니다.

왜 아빠는 내가 힘들어할 때 든든한 기둥이 되어 주지 않았을까요? 왜 내가 도움의 손길을 내밀었는데도 잡아 주지 않았을까요? 그건 아빠의 방법이 잘못됐기 때문입니다. 아빠는 나를 어려운 시기를 맞은 어린아이로만 대하셨습니다. 이렇게 말하면 조금 이상하게 들릴 거예요. 왜냐하면 아빠만이 나를 믿고, 내가 바보가 아니라는 자신감을 갖게 해 주셨으니까.

그렇지만 아빠가 놓친 것이 한 가지 있습니다. 내게, 훌륭한 사람이 되기 위해 벌이는 자신과의 투쟁이 얼마나 중요한가를 이해하지 못했다는 점입니다.

"그건 네 나이 때는 당연한 일이다⋯⋯, 다른 여자아이들은 말이다⋯⋯, 시간이 조금만 흐르면, 그건 금방 잊어버릴 거야⋯⋯."

나는 이런 말을 듣고 싶지 않습니다. 난 '다른 여자아이들처럼'이 아니라 '안네 자신'으로 대접받고 싶습니다. 아빠는 그걸 이해하지 못해요.

그런 일을 이야기하려면 서로에 대해 모든 것을 털어놓아야 하는데, 그렇지 못하니까 더 이상 이야기를 할 수가 없습니다. 아빠는 어른의 입장에서 자신도 그런 일을 겪었다고 이야기하셨어요.

그렇지만 한계가 있습니다. 아빠가 아무리 애를 써도 나와 친구 같은 감정을 나눠 가질 수는 없기 때문입니다.

나는 인생에 대한 내 생각을 일기장에 그리고 가끔 언니에게 털어놓지만, 아빠에게는 숨겨 왔습니다. 나의 생각들을 아빠에게는 이야기하지 않습니다. 결국 내가 아빠를 멀리하고 있다는 걸 깨달았습니다.

하지만 그렇게 할 수밖에 없습니다. 난 철저히 내 기분에 따라 행동하면서 항상 마음의 평화를 얻을 수 있는 길을 찾으려 애를 쓰고 있습니다. 지금 내 생각에 대해 비판을 받는다면 난 금방 갈팡

질팡 흔들릴 거예요. 왜냐하면 내 생각들이 아직은 확실하게 자리를 잡지 않았기 때문입니다. 아빠에게 내 생각을 털어놓지 않고, 짜증을 부리면서 아빠를 멀리하는 건 그 때문입니다.

아빠는 왜 나를 화나게 할까요? 난 요즈음 그 생각을 많이 합니다. 언제나 나를 가르치려고 하고, 사랑하는 척하면서 내게 이래라 저래라 강요를 하십니다. 내가 아빠에 대해 좀 더 자신감을 가질 수 있을 때까지 나를 내버려 두었으면 좋겠습니다.

아, 모든 면에서 강하고 용감해진다는 건 정말 힘든 일입니다.

1944년 7월 21일 금요일

키티.

이젠 정말 희망이 보이는 것 같습니다. 모든 일이 잘되어 가고 있어요. 굉장한 뉴스가 있습니다. 히틀러를 암살하려던 사건이 있었습니다. 범인은 유대인 공산주의자나 영국의 자본가가 아닌, 당당한 독일 장군으로서 아주 젊은 백작이었답니다. 그러나 불행히도 히틀러는 가벼운 상처와 화상을 입었을 뿐입니다. 히틀러와 함께 있던 몇 명의 장군과 장교가 죽거나 부상을 당했고, 범인은 사살되었다고 합니다.

어쨌든 이 사건은 전쟁에 지친 독일의 많은 장군과 장교들이 히틀러가 없어지기를 바란다는 걸 증명한 셈이지요. 독일인들이 서로 싸우게 되면 영국이나 러시아는 그만큼 빨리 그들의 도시를 복구시킬 수 있을 거예요.

하지만 아직 그렇게까지 되지는 않았고, 나는 너무 앞질러 앞날을 내다보고 싶지는 않습니다. 그건 충분히 있을 법한 일이긴 하지만요.

오늘 나는 퍽 현실적인 기분이 듭니다. 결코 이루지 못할 높은 이상을 지껄이고 있는 건 아니라는 것이지요.

히틀러는 그의 충실한 국민에게, 앞으로 군대는 비밀 경찰의 명령에 따라야 하며, 비록 계급이 낮은 사병이라 할지라도 상관이 총통인 자신의 암살 계획에 관계가 있다면, 군법 회의도 필요 없이 그 자리에서 사살해도 좋다고 발표했습니다.

어떤 소동이 벌어질지 상상해 보세요. 졸병 한 명이 강행군으로 다리가 너무 아파 절룩거린다고 상사인 장교한테 벌을 받는다고 해요. 그러면 화가 난 졸병은 소총을 겨누며 소리치겠지요.

"너는 총통을 암살하려고 했지? 이게 그 벌이다."

한 방의 총소리, 졸병을 걷어 차려던 거만한 장교는 저세상 사람이 되는 거예요. 결국 독일군 장교들은 자신이 거느리고 있는 병사들의 미움을 산다거나 그들에게 명령을 할 때면 두려워서 식은 땀을 흘릴 겁니다.

내가 너무 이것저것 지껄여 대서 당신이 다 알아들었을지 모르겠습니다. 10월이 되면 다시 학교 책상 앞에 앉을 수도 있다고 생각하니까 너무 기뻐서 사리에 맞는 이야기를 할 수가 없습니다.

어머나, 방금 전에 너무 앞질러 앞날의 일에 대해 이야기하지 않겠다고 했는데……. 미안해요. 그래서 모두 나를 '꼬마 모순덩어리'라고 부르나 봅니다.

1944년 8월 1일 화요일

키티.

지난번 편지에서 '꼬마 모순덩어리'라는 말을 썼는데, 오늘은 그 말부터 시작하겠습니다.

'꼬마 모순덩어리' 이게 무슨 뜻인지 아시겠어요? 다른 말들이 그런 것처럼 이것도 내부적인 것과 외부적인 것, 두 가지 뜻이 있답니다.

앞엣것은 '고집 세고 아는 체를 잘하고 주제넘게 행동하는 것'을 말하는데, 그런 것들은 나를 유명하게 만든 기분 나쁜 성질들입니다. 뒤엣것은 아무도 모르는 나만의 비밀이에요.

나에게는 두 가지 모순된 성격이 있다고 당신에게 이야기했던가

요? 내 성격의 절반은 더없이 명랑하고 무엇이든 재미있어 해요. 너무 활발해서 어떤 일이든 가볍게 생각해요. 누가 윙크를 하고, 키스를 하고, 포옹을 하고, 기분 나쁜 농담을 해도 화를 내지 않습니다. 이런 면은 늘 나를 기다리고 있다가, 좀 더 훌륭하고 깊이 있고 순수한 다른 면의 나를 밀어 내 버립니다.

아무도 안네의 좋은 점을 모른답니다. 그래서 모두 나를 형편없는 말괄량이로 생각하는 거예요.

확실히 나는 변덕스러운 어릿광대처럼 행동할 때가 있습니다. 하지만 그건 애정 영화를 보는 것 같아서 곧 잊어버리게 되는, 나한테는 한때의 기분풀이에 불과하답니다. 당신에게 이런 이야기를 하는 건 싫지만, 그게 사실이니까 못 할 것도 없겠죠.

안네의 가볍고 진지하지 못한 부분은, 사려 깊은 부분보다 행동이 빨라서 언제나 승리하는 것처럼 보입니다. 난 그런 안네를 밀어 내고 억누르고 숨기려고 얼마나 노력하는지 모릅니다. 그렇지만 아무리 해도 잘되지 않아요. 그 이유를 나는 잘 알고 있습니다.

난 사람들이 나에게도 또 다른 면이, 보다 좋은 안네가 있다는 것을 발견할까 봐 겁내고 있습니다. 그들이 나를 비웃으며 진지하게 대해 주지 않을까 두렵기 때문입니다.

물론 나는 그런 것들에 익숙해 있지만, 그건 경박한 안네로서일 뿐이에요. 사려 깊은 안네는 도저히 견뎌 내지 못합니다. 가끔은 15분 정도 사려 깊은 안네가 되기도 하지만, 그 안네는 입을 열자마자 곧 풀이 죽어 경박한 안네에게 자리를 내주고 사라지고 맙니다.

좋은 면의 안네는 다른 사람 앞에서는 절대 얼굴을 내밀지 않는답니다. 하지만 혼자 되었을 때 나를 지배하는 건 좋은 안네예요. 나는 내가 마음속으로 무엇을 원하고 있는지도 알고, 현재의 내 모습이 어떤지도 잘 압니다. 하지만 그것을 표현하지는 않습니다.

아마도 그것 때문에 난 스스로 행복한 성격을 갖고 있다고 말하고, 다른 사람들은 나의 겉모양만 보고 내가 낙천적인 성격을 갖고 있다고 말하는 것 같습니다.

나는 속으로는 순수한 안네의 인도를 받지만, 겉으로는 고삐가 풀려서 기뻐하고 뛰노는 아기 양 같아요. 당신에게 말한 것처럼, 난 좀처럼 솔직한 내 감정을 드러내지 않기 때문에 사내아이들이 나 쫓아다니고, 잘난 척하고, 연애 소설이나 읽는 아이라는 말을 듣습니다. 쾌활한 안네는 그런 소리를 듣고도 아무렇지 않다는 듯 웃어넘기고, 건방지게 대답하고, 무관심한 척 어깨를 으쓱해 버립니다. 그렇지만 조용한 안네는 그렇지 못해요. 감정이 상해서 어떻게든 나 자신을 좋은 방향으로 이끌려고 노력하지만, 그때마다 더 강력한 적과 부딪친답니다.

나는 마음속으로 이렇게 흐느낍니다.

"너는 동정심도 없고 거만하게 보여. 네가 좋은 면의 안네가 하는 충고를 듣지 않으니까 모두 널 싫어하는 거야."

아, 나도 노력은 하지만 잘되지를 않습니다. 내가 얌전하고 의젓하게 있으면 모두들 내가 연극을 한다고 생각해요. 결국 금방 농담을 하고 그런 태도를 숨겨 버립니다. 그래서 겉으로 드러나는 건 언제나 나쁜 안네의 모습이고, 좋은 안네는 속으로 숨어들어, 내가 바라는 착한 안네가 될 수 있는 방법을 끊임없이 찾고 있습니다.

안네의 일기는 여기에서 끝났습니다.

1944년 8월 4일, 게슈타포가 크라렐 씨, 코프하이스 씨, 그리고 '은신처'의 모든 사람을 체포해 독일 및 네덜란드에 있는 집단 수용소로 보냈습니다.

'은신처'의 모든 것은 게슈타포가 가져가 버렸습니다.

미프 아주머니와 엘리가 마루 위에 뒹구는 낡은 책과 신문, 잡지 더미 속에서 안네의 일기를 발견했습니다.

안네의 일기는, 독자에게 흥미 없을 듯한 부분들을 조금 삭제하고 책으로 출판되었습니다.

'은신처'의 여러 사람들 가운데 안네의 아버지만이 살아서 돌아왔습니다.

크라렐 씨와 코프하이스 씨는 네덜란드 집단 수용소의 고난을 이겨 내고 가족들의 품으로 돌아왔습니다.

1945년 3월, 안네는 네덜란드 해방을 두 달 앞두고 베르겐벨젠 수용소에서 티푸스에 걸려 숨을 거두고 말았습니다.

세계명작 시리즈와 함께 논리 · 논술 Level Up!

● 이해 능력 Level Up!

1. 「안네의 일기」는 네덜란드가 나치스 독일에 점령되어 있던 2년 동안에 씌어진 일기입니다. 안네는 몇 살에서부터 몇 살 때까지 이 일기를 썼나요?

    1) 10~12세   2) 12~14세

    3) 13~15세   4) 14~16세

    5) 16~18세

2. 안네는 처음 며칠 동안은 일기를 쓰지 않았습니다. 아래의 글을 읽고 그 이유를 골라 보세요.

> 며칠 동안 일기를 쓰지 않았습니다. 왜냐하면 일기를 쓰는 것에 대해 생각하고 싶었거든요. 나 같은 아이가 일기를 쓴다는 것이 괜찮은 일인가 하는 생각도 들었습니다. 일기를 써 본 적이 없어서가 아니라, 열세 살짜리 여자아이의 고백 같은 건 그다지 재미있지 않을 것 같아서입니다. 하지만 그런 건 상관없습니다. 난 일기를 쓰고 싶어요.

1) 누군가 몰래 일기를 훔쳐볼 것 같아서

2) 다른 친구들처럼 단순한 사건을 늘어놓기 싫어서

3) 일기를 쓸 시간에 공부를 하기 위해서

4) 열세 살짜리 여자아이의 고백 같은 건 재미가 없을 것 같아서

5) 몸이 너무 아파서

3. 안네가 일기를 쓰기 시작한 진짜 이유는 무엇이라고 생각하나요?

　　1) 진실한 친구가 없기 때문에
　　2) 장래에 커서 유명한 사람이 되고 싶어서
　　3) 선생님이 쓰라고 해서
　　4) 아버지가 쓰라고 해서
　　5) 글을 익히기 위해서

4. 다음 글에는 안네의 장래 희망이 담겨 있습니다. 안네는 일기를 쓰면서 나중에 어떤 사람이 되고 싶다고 다짐했나요?

> 　　나는 남편과 자식 외에 온몸을 바칠 수 있는 일을 찾고 싶어요. 내가 죽은 뒤에도 영원히 살아남을 수 있는 그런 일!
> 　　그런 의미에서, 나는 내 마음을 표현하여 스스로를 발전시킬 수 있도록 글을 쓸 수 있게 해 준 하느님께 감사를 드립니다. 글을 쓰고 있으면 나는 무엇이든 잊어버릴 수 있습니다. 슬픔은 사라지고 용기가 솟아납니다. 하지만 내가 정말 훌륭한 작품을 쓸 수 있을까요? 내가 기자나 작가가 될 수 있을까요?

　　1) 시인　　　　2) 기자나 작가　　　3) 정치가
　　4) 교육자　　　5) 연예인

5. 안네는 은신처에 숨어 살다가 고발당해 게슈타포에 체포되어 집단 수용소로 갔습니다. 안네의 일기를 맨 처음 발견한 사람은 누구였나요?

1) 페터와 마르고트 언니   2) 안네의 아버지

3) 미프 아주머니와 엘리   4) 크라렐과 코프하이스 씨

5) 게슈타포

6. 안네 가족과 함께 은신처에서 생활하지 않은 사람은 다음 중 누구일까요?

1) 판 단 씨   2) 판 단 부인

3) 페터   4) 듀셀 씨

5) 미프 아주머니

7. 안네가 페터와 친하게 지내는 것을 언니에게 죄스럽게 생각한 이유를 다음 글을 읽고 찾아보세요.

> 내가 부모님 때문에 너무 자주 갈 수는 없다고 하자, 페터는 그런 것은 걱정하지 말라고 했습니다. 그래서 나는 토요일 오후에 가겠다고 말했습니다.
>
> 그런데 내 행복에 작은 그림자가 생겼습니다. 나는 오래전부터 언니가 페터를 좋아한다고 생각했습니다. 그래서 내가 페터를 만날 때마다 언니는 고통을 받을 거라고 생각했습니다. 하지만 언니는 전혀 그런 티를 내지 않았습니다. 나 같으면 질투가 나서 가만 있지 못할 텐데, 언니는 신경 쓰지 않아도 된다고만 말했습니다.

1) 언니를 따돌렸기 때문에

2) 언니가 페터를 좋아한다고 생각했기 때문에

3) 엄마에게 혼날까 봐

4) 페터가 언니를 사랑하기 때문에

5) 언니가 둘 사이를 질투했기 때문에

8. 히틀러를 암살하려던 사람은 누구인가요?

1) 유대인 공산주의자

2) 영국의 자본가

3) 독일 장군

4) 네덜란드 국민

5) 독일 국민

9. 안네는 인생에 대한 자신의 생각을 어떤 방법으로 표현했나요?

1) 일기장에 쓰는 것으로 표현했다.

2) 아버지와 이야기하면서 표현했다.

3) 친구인 페터에게 이야기하면서 표현했다.

4) 언니 마르고트와 이야기했다.

5) 시로 써서 표현했다.

10. 안네가 전쟁이 곧 끝날 것이라는 희망을 갖게 된 까닭을 모두 고
르세요.

1) 네덜란드의 사회당 총재가 군복을 입겠다고 했기 때문에

2) 연합군이 프랑스의 베이유를 점령했다는 뉴스를 들었기 때문에

3) 히틀러를 암살하려 했다는 뉴스를 들었기 때문에

4) 독일군이 후퇴하고 있다는 뉴스를 들었기 때문에

5) 독일군이 연합군에게 항복했기 때문에

● 논리 능력 Level Up!

1. 『안네의 일기』 첫머리에 '키티'라는 이름이 나옵니다. '키티'는 무엇인가요? 그리고 왜 그런 이름을 갖게 되었나요?

2. 다음 글을 읽고 안네의 성격은 어떤지 말해 보세요.

> 우리들은 행복해지고 싶다는 목적을 가지고 살고 있습니다. 서로 생활은 다르지만 목적은 같습니다. 우리 세 사람은 좋은 환경에서 자랐습니다. 배울 기회를 가졌고, 무엇인가를 달성할 가능성도 있고, 행복을 기대할 만한 이유도 있습니다. 하지만 한 가지, 우리는 스스로의 힘만으로 그것을 이루지 않으면 안 됩니다.
> 그것은 쉬운 일이 아닙니다. 행복을 얻기 위해서는 게으름을 피우면 안 됩니다. 좋은 일을 해야 해요. 편한 것이 겉으로는 멋지게 보일지 모르지만, 진정한 만족은 일을 통해서만 얻을 수 있다고 생각합니다.

3. 내가 안네라면 은신처에 숨어 지내면서 어떤 생각을 하며 어떻게 행동했을지 말해 보세요.

4. 안네는 은신처인 다락방에 숨어 지내면서 누구와 가장 많은 이야기를 나누었나요? 그 이유는 무엇인가요?

> 페터는 창문을 열어 놓고 창가에 서 있었습니다. 우리는 어두운 창가에 서서 많은 이야기를 했습니다. 너무나 많은 이야기를 나누어서 다 적을 수는 없지만, 은신처에 온 뒤로 가장 즐거운 밤이었습니다.
>
> 이제 페터와 나는 서로 비밀을 나누어 가진 것처럼 생각됩니다. 페터가 웃는 얼굴로 내게 눈짓을 할 때면 마치 한 줄기 빛이 내게로 비치는 것 같습니다.
>
> 이런 즐거움이 언제까지나 계속되었으면 좋겠습니다. 그리고 앞으로도 더욱 두 사람이 멋진 시간을 함께할 수 있기를…….

5. 안네는 은신처에서 지내면서 인생이 무엇인가에 대해 차츰 눈 떠 갑니다. 누구에게 어떤 영향을 받아서인가요?

6. 숨어 지낸 지 2년이 다 되어 갈 무렵, 안네는 이제까지 경험한 모든 공포가 한꺼번에 몰려올 것 같은 불안감에 빠져듭니다. 그런 안네를 견디게 한 힘은 무엇이었을까요?

 이곳에서 생활한 지도 벌써 2년이 지났습니다. 앞으로 얼마나 더 견디기 힘든 이 생활을 해야 할까요?

채소 가게 주인이 체포되어 모든 사람들의 신경이 날카로워졌습니다. '쉬, 쉬' 하는 소리에 마음대로 하품도 할 수 없는 지경입니다. 우리는 모든 행동을 조심합니다. 만일 경찰이 문을 열고 들이닥친다면……. 아니 이런 말은 쓰지 않겠습니다. 하지만 오늘은 그런 불안감이 사라지지 않습니다. 내가 이제까지 경험한 모든 공포가 한꺼번에 몰려올 것 같아 견딜 수가 없습니다.

우리가 이곳으로 들어오지 않았으면 어떻게 되었을까 생각할 때도 있습니다. 그럼 지금쯤 죽었을 테고, 이런 비참한 고통은 겪지 않았겠지요. 또 우리 보호자들을 괴롭히지도 않았을 거예요. 하지만 그런 생각은 곧 지워 버립니다. 왜냐하면 우리는 아직 살아 있고, 자연의 소리를 잊지 않았고, 또 모든 것에 희망을 갖고 있으니까요.

● **논술 능력 Level Up!**

1. 열세 살 정도의 나이라면 마음껏 떠들고 싶고, 자유롭고 싶고, 친구가 그립고, 때로는 혼자 있고 싶기도 하지요. 그리고 실컷 울고 싶을 때도 있을 것입니다. 「열세 살」이란 제목으로 글을 써 보세요. 시나 산문의 형식도 좋고, 노랫말도 좋습니다.

2. 사춘기 소년 소녀들은 대부분 첫사랑의 가슴앓이를 하게 됩니다. 안네는 페터의 깊고 파란 눈을 볼 때마다 '마음이 이상해졌다.'고 했습니다. 여러분은 좋아하는 이성 친구를 만났을 때 어떤 감정을 느끼나요? 자신의 경험을 솔직하게 적어 보세요. 그리고 사춘기 때의 바람직한 이성 교제에 관한 자신의 생각도 함께 적어 보세요.

> 그를 도와주기 위해 작은 탁자를 사이에 두고 마주 앉았습니다. 그런데 그의 깊고 푸른 눈을 볼 때마다 나는 마음이 이상해졌습니다. 그는 입가에 묘한 미소를 띠고 있었는데, 그가 무슨 생각을 하고 있는지 알 것 같았습니다. 그는 여자 앞에서 어떻게 행동해야 좋을지 몰라서 어색해하면서도 자신은 남자라는 것을 느끼는 것 같았습니다. 나는 그의 수줍어 하는 태도에 마음이 포근해졌습니다.

3. 안네는 은신처에서 생활하다가 독일군에게 발각되어 베르겐벨젠 수용소로 가게 됩니다. 그때 안네의 심정이 어땠을까 헤아려 보고, '내 친구' 안네에게 보내는 편지를 적어 봅시다.

4. 제2차 세계 대전 때 유대인은 어떤 생활을 했는지 본문과 여러 자료를 찾아 조사한 뒤 적어 보세요.

풀이

이해 능력 Level Up!

1. 3)　　　2. 4)　　　3. 1)　　　4. 2)　　　5. 3)
6. 5)　　　7. 2)　　　8. 3)　　　9. 1)　　　10. 2), 3)

논리 능력 Level Up!

1. '키티'는 안네가 아버지에게 선물받은 일기장에 붙인 이름이다. 안네는 그 일기장에 다락방 은신처에서 생활하면서 느낀 기쁨과 슬픔, 희망과 절망 등을 아주 솔직하게 편지처럼 적고 있다. '키티'는 안네에게 마음의 친구였던 것이다.

2. 강한 성격과 용기를 가진 끈기 있는 소녀이며 언젠가는 전쟁이 끝난다고 믿고 있는 희망을 가진 소녀라고 생각한다. 그러나 안네는 우리들과 똑같이 다른 사람의 영향을 받지 않는 것이 좋은지 아니면 자기 마음이 시키는 대로 따르는 것이 좋은지 가끔 의문을 가지는 평범한 열세 살 소녀였다.

3. 예시 : 안네는 열세 살부터 열다섯 살까지 은신처에서 생활하면서 일기를 썼다. 나도 안네처럼 매일매일 일기를 쓰겠다. 그러나 안네처럼 그렇게 깊이 있고 솔직하게 쓸 수 있을지 모르겠다. 그리고 막상 그런 일이 닥친다면 두려움과 막막함으로 아무것도 할 수 없

을 것 같기도 하다.

4. 페터와 가장 가까이 지냈다. 페터는 은근히 안네에게 의지하는, 아주 잘생긴 소년이었다. 안네는 페터를 보면서 이성에 눈뜨기 시작한다. '나는 그의 수줍어 하는 태도에 마음이 포근해진다.'고 솔직하게 일기에 적기까지 했다.

5. 친구 페터에게선 이성에 대한 사랑을 배우고, 언니 마르고트에게선 가족의 소중함을 배운다. 그리고 어머니를 통해서는 평범한 여자로 살지 말아야 되겠다는 것을 어렴풋이 알아 간다. 아버지를 보면서는 보다 자유롭고 남을 배려할 줄 아는 사람이 되어야겠다고 다짐한다.

6. 많은 유대인들이 잡혀갔다는 소식을 들을 때마다, 비록 어려운 환경이지만 살아 있다는 사실과 그렇기에 자연의 소리를 잊지 않고 느낄 수 있다는 데 대해 감사할 수 있었다. 즉 살아 있음에 대한 '감사' 하는 마음이 두려움을 이기게 하는 힘이 돼 주었다.

논술 능력 Level Up!

1. 시, 산문, 노랫말 등 글의 형식은 상관없으나 주제가 잘 드러나야 하고, 열세 살의 특징을 잘 잡아서 쓰는 게 중요하다.

2. 사춘기가 찾아오는 시기는 사람마다 다르다고 한다. 감정 또한 그

럴 것이다. 나만의 우정과 사랑에 대해 솔직하게 적어 보자. 그리고 사춘기 때의 사랑이 가진 장점과 단점을 적어 보자.

3. 예시 : 안네야, 얼마나 무섭고 두려웠니? 네가 발각된 순간 나는 내가 당한 일처럼 마음이 아프고 안타까웠어. 하지만 너는 긍정적이고 밝은 아이잖니. 그러니까 이 고난도 잘 견디리라 생각해. 그리고 누굴 원망하지 않고 담담하게 모든 것을 받아들이는 네 모습에 다시 한 번 존경심을 느꼈어. 만약 다음 생에 다시 태어난다면, 전쟁도 없고 인종 차별도 없는 곳에서 아름다운 삶을 맘껏 누릴 수 있기를 바랄게. 그때 내 친구가 되어 줄래?

4. 예시 : 독일의 네덜란드 점령부는 유대인에 대한 특별법을 만들었다. 모든 자유를 제한했고 모든 공직에서 유대인을 해고했으며, 유대인은 전철, 자동차 등 아무것도 타지 못하고 걸어다니게 했다. 또 가슴에 노란색 별표를 달고 다녀야 했으며, 오후 8시가 되면 밖에 나갈 수가 없었다. 나치스의 탄압 정책으로 유대인이 당한 수난은 이제 지구상에서 다시는 되풀이되어서는 안 될 비극이다. 세계화 시대에 모든 인류는 하나라는 생각으로 서로 존중하고 믿는, 열린 마음을 가져야겠다.

초등학생이 꼭 읽어야 할 세계 명작 시리즈